Thomas et le Voyageur

Gilles Clément

Thomas et le Voyageur

Esquisse du jardin planétaire

Albin Michel

Aux étudiants

« Il est simplement banal et même assujettissant, pour un observateur, de transporter avec soi, où qu'il aille, le centre du paysage qu'il traverse. Mais qu'arrive-t-il au promeneur si les hasards de la course le portent en un point naturellement avantageux (croisement de routes ou de vallées) à partir duquel non seulement le regard mais les choses mêmes rayonnent ? Alors le point de vue subjectif se trouve coïncider avec une distribution objective des choses, la perception s'établit dans la plénitude. Le paysage se déchiffre et s'illumine. On voit.

« Tel pourrait bien être le privilège de la connaissance humaine. »

Pierre Teilhard de Chardin,
Le Phénomène humain.

Thomas et le Voyageur

Le Voyageur, de Fyngal, Tasmanie.

Ensemble nous décidons que la Terre est un seul et petit jardin.

Vous qui cultivez quelques arpents à l'ombre du clocher de Saint-Sauveur vous mesurez ce que le projet a d'ordinaire : considérer la planète comme on considère, en somme, les choux, les groseilles, les cerisiers mais aussi les grands chênes et les herbes folles, la lumière et le vent, distinctement ou tout ensemble, les grands froids, les grandes chaleurs ; tout ce qui façonne les limites de la planète, terre des hommes.

Vous trouvez que la Terre est un peu solitaire, isolée dans le trop vaste univers. Cela vous attriste. Parfois, installé à la fenêtre de la cuisine, vous regardez sans les voir tout à fait les contours de votre territoire. La haie de prunelliers, l'orne et le rang de vigne, le pédiluve où hiberne une cistude, le verger de mirabelles, la levée aux chicons pour l'hiver, le jeu de boules anglaises sur

13

l'herbe rase, les contrevents de fleurs à couper, les cloches de verre pour les premières laitues, l'abricotier palissé sur l'angle chaud de la resserre ; toutes choses disposées en U autour d'une modeste prairie et enfin, en arrière-plan, un arpent essarté où s'installent les fleurs sauvages, les taillis de charmes et toutes sortes de petits animaux.

Là est votre méditation. Vous interrogez un certain paysage et regardez les objets quotidiens comme s'ils avaient assez de contenu pour résister indéfiniment aux assauts de l'esprit.

Parfois vous fermez les yeux.

Alors le petit jardin s'étend au-delà des haies, des murs et du clocher, il quitte le village par le cimetière, s'attaque au bois de châtaigniers, cerne la colline, gagne les labours et se propage aussi loin que peut couler, entre les reliefs discrets de cette région, le regard hésitant de la mémoire. Le paysage est ce que l'on voit après avoir cessé de l'observer, m'avez-vous dit un jour.

Il faut fermer les yeux après chaque voyage, laisser se décanter les images.

Peut-être ainsi trouverons-nous derrière ce qu'il reste du paysage un moyen d'entretenir avec lui un rapport différent.

Qui sait ?

Je suis comme vous, je cherche.

À cette quête peut-on donner figure ?

Nous avons décidé un tableau – ou son équivalent –, un travail certainement. C'est vous l'artiste ; tout est entre vos mains, vous en êtes conscient. Moi je suis celui qui erre ; avec moi se libèrent les mots. Après, je ne sais plus rien faire.

Pour nous guider dans ce travail une liste en promesse d'images. Des mots à réviser par vous et par moi, choisis ensemble un soir d'exigence : *plage, herbe, rouge, art, arbre, ville, horizon... Horizon* d'abord à cause des perspectives en ce mot annoncées et par lui retenues.

Mon voyage, disiez-vous, pourrait les libérer. Ou tenter de le faire.

Huonville d'où je vous écris est à l'autre bout du monde. Peu de gens le savent, ce nom vient de Huon de Kermadec, commandant d'une flûte de cinq cents tonnes armée par le chevalier d'Entrecasteaux à la recherche de La Pérouse. Des arbres, parmi les plus âgés du monde, portent son nom. Les *Lagarostrobos franklini* constituent ici la forêt relictuelle de pins Huon ; certains de ces pins ont plus de deux mille ans. On ne dessine pas le temps. Mais le paysage est fait du temps comme il est fait de son érosion. Notre travail pourrait commencer par là : laisser à l'image, à toute image quelle qu'elle soit, un champ libre pour se transformer, une chance d'évoluer...

Comme vous le savez, on ne retrouva pas La Pérouse. L'expédition se défit aux îles de la Sonde après mille malheurs, voici exactement deux siècles. Mais La Billardière, naturaliste tenace, parvint à rejoindre Paris, se faire restituer les collections confisquées par les Anglais au cours du périple et publier en 1799 sa fameuse *Relation*. À cette époque on dessinait tout. Piron faisait partie du voyage. Certains de ses dessins ont été repris, plus tard, par Redouté, artiste sédentaire, comme vous.

Aujourd'hui le monde est recensé (ou presque). Ce qu'on appelle l'Histoire naturelle est arrivé en tas dans les musées. Tout est rangé maintenant, étiqueté, classé suivant l'ordre systématique adopté par tous à l'échelle de la planète.

Sauf pour les collectionneurs, il n'est plus question d'ajouter un nom à ceux déjà connus. La recherche porte désormais sur le fonctionnement du monde recensé dont une partie des individus qui le composent est encore vivante aujourd'hui. Nous en avons souvent parlé.

Puisque nous sommes, vous et moi, de grands usagers du regard, parlons aussi de ce qui nous regarde : le lieu où nous vivons, où s'agitent les âmes, où sont mis en relation les êtres multiples de cette histoire naturelle, le paysage.

Acceptez mes schémas, les mots rapides, les traits trop vifs, les erreurs parfois. La façon dont je pourrais dire, la tête en bas, ce gommier tasman – un *Eucalyptus amygdalina*, selon La Billardière – est tout en tronc. Parce qu'au sommet de la perspective que représente le fût sous cet angle on dirait que le vent a déposé une résille frêle, une ouate en toupet pour toute frondaison. Au temps de Banks, de Baudin et des autres, on couchait l'arbre pour le mesurer : cent cinquante mètres, c'est le plus grand du monde. Aujourd'hui, après un pari de vingt bières au saloon de Fyngal, le bûcheron nous guide vers le géant protégé, un ash-tree de quatre-vingt-dix mètres seulement... Les autres ont disparu.

Le paysage a changé, en effet. Peut-être a-t-il rapetissé ? L'important est-il dans le regard ou la façon de regarder ?...

Vous disiez cela : faisons une esquisse.

Un jour, un matin tôt, vous l'avez dit autrement, le ton de votre voix n'était pas celui des promenades engagées pour une aquarelle : il s'agissait d'un vrai dessein.

Nous avions parlé tard dans la nuit, la veille... Comment m'auriez-vous persuadé autrement ? Vous étiez à la fois en vous-même – lointain – et en urgence d'être entendu. Longtemps je me suis tu. Souvenez-vous : l'attente se forgeait de nos exigences muettes. C'était intolérable et nécessaire, nous devions nous séparer.

Nous avons traversé la journée comme un bateau l'océan, la question n'en finissait pas de se caler à l'horizon, sans cesse repoussée jusqu'aux heures de la nuit. Là, vous avez pris les devants – cheminée, feu de bois, fallait-il tout ça ? – faisons une esquisse, faisons-la en effet, vous parliez bas :

« ... comme on fait une expédition ».

Avec incertitude et ténacité, comme si nous étions venus d'une planète lointaine découvrir la Terre en son jardin.

Êtes-vous d'accord ?

Je vous écris d'un pays très ancien, c'est une île, un fragment de continent en dérive, il porte en lui l'avantage du temps et ses impertinences : la douceur et l'invention de l'érosion ; le vent du Sud le brosse sans arrêt, il entretient à grande vitesse les vagues de lumière et de pluie, les forêts, les herbes et tous leurs habitants ; c'est un travail millénaire, un étonnement, un commencement du monde.

Thomas, de Saint-Sauveur de Givre en Mai.

Tout est commencé.

La toile est encore nue. Mais c'est comme si, déjà, toute une histoire s'y trouvait racontée. Quelque chose dans ma tête bouillonne, j'aime le projet à l'excès, j'y pense la nuit, je me demande comment l'entreprendre...

Dans la maison vous connaissez mon parcours en cette saison : du bureau au « fauteuil nica » et de là au jardin d'hiver, sous la véranda. Mais depuis votre départ j'ai investi la « chambre imaginale » pour en faire un atelier. Le vestibule où sont encore toutes les encres et tous les cartons n'est pas assez grand. Me retourner et faire quelques pas en même temps que des points, des lignes, des ombres et des couleurs sur la toile : cela est nécessaire... Peut-être faut-il que je déambule sur place pendant que vous tournez autour du monde, comme si dans cette aventure un mouvement unique nous entraînait.

À cause du froid j'ai installé un poêle scandinave. Il fait chaud à se dévêtir. Le mari de Madeleine a juré qu'il me livrerait du charme bien sec. Je le sais maquignon ; tant pis s'il me roule, j'ai besoin d'aise.

La chambre est telle que vous l'occupiez : vaste mais chargée. Lambrissée d'insectes, selon vos dires. Il est vrai que les pans entiers de boîtes entomologiques vues par la tranche font penser à une bibliothèque d'ouvrages calibrés. On oublie vite qu'elles ont une épaisseur et qu'elles contiennent à saturation des insectes parfaits, des imagos, comme disent les spécialistes. Les hommes de science auraient-ils puisé dans le jargon analytique des médecins de l'âme pour assimiler la dernière mue à l'image idéale ? Un papillon pour une chenille ? La chambre imaginale saura-t-elle, dans ce cas, supporter une aussi lourde mission ?... Tous ces insectes proviennent du monde entier et aussi – pour quelques-uns, cela va de soi – du jardin de Saint-Sauveur. Mais le nombre ici ne fait pas diversité puisqu'on ne voit rien d'emblée. Les boîtes collent au mur, le doublent du haut en bas, le tapissent discrètement. C'est une présence neutre, de peu d'encombrement. On pourrait même croire à du papier peint tant les ajustements sont serrés et les vides absents.

Je n'ai rien changé à la disposition des étagères, à l'ordre des boîtes et des rayons, à la classification systématique du monde vivant, ici pétrifié.

Moi qui suis toujours resté songeur – presque interrogatif – devant tant de rigueur et de complexité, je trouve tout à coup cette « organisation » de belle utilité. Cela tient à votre départ, à notre projet.

Pour l'étape de Tasmanie, la première du parcours, je n'ai eu aucun mal à trouver la boîte de danaïdes australiens. Ce sont d'admirables lépidoptères, tout en grâce, aux ailes allongées, parfois transparentes. Certains miment les héliconides américains, et quelques piérides. Ils sont poisons pour les oiseaux, ainsi échappent-ils à toute prédation. J'ai lu dans le Seitz (oui, j'ai ouvert cet ouvrage poussiéreux) que leur vol est lent, hésitant et presque maladroit. Dites-moi si cela est vrai au cas, bien sûr, où vous auriez la chance d'en rencontrer. Je vous le souhaite car rien qu'à les observer ainsi, étalés comme il faut, les quatre ailes à plat, on prend plaisir à les imaginer libres et, comme on dit, papillonnants.

Jusqu'à présent je n'éprouvais pas la moindre envie de consulter pour moi-même cette collection fade et morte, bourrée d'écritures savantes, de dates et de lieux inconnus. Je n'ai aucun goût pour les momies, cela me rend maussade. Mais depuis quelques jours tout a changé ; cette richesse accumulée me paraît tout à coup justifier la longue et névrotique errance de mon oncle vagabond : c'est une illustration. Une manière possible d'éclairer un paysage. Il suffit de les imaginer vivants, ces insectes, les voir bouger, écouter leurs vibrations : stridulations acidulées des criquets, scintillement dans l'herbe, vol flou des grands voiliers silencieux et puis le crissement agaçant du papier bonbon glacé que font les libellules au-dessus des étangs.

Mais aussi les lucanes dans l'herbe sèche, le chant des courtilières confondu avec celui des crapauds et ce dernier avec le cri d'un oiseau. Immédiatement derrière vient la forêt, ombre en pluie sur l'humus, odeur de mousse ; lumière en halo brisé, en filtre, en morsure ; le fond du paysage, une crête, une brume, un chemin et vous dedans.

Vous, vu.

Par moi, sans vous.

Sans attendre vos descriptions.

À cela vous ne pouvez rien. Quels que soient vos dires, j'aurai des images. *Horizon*, notre premier mot, que devient-il, frotté à cet usage ? Comment le vérifier avant de dessiner le point initial, celui d'où fuirait la perspective de votre paysage ?

Alors, à chacune de vos étapes, j'ai décidé de sortir une ou plusieurs boîtes de la partie du monde où vous séjournerez. Je les disposerai là, tout exprès, le temps qu'il faudra pour les contempler à mon aise, laisser filer les images qui me viennent en plus de celles que vous me donnez.

Ainsi la chambre imaginale a-t-elle trouvé sa vocation : servir de fond à la toile sur laquelle va se déployer une fresque.

Je vous l'ai dit, c'est commencé. Par l'installation mais aussi par le vide au centre de la pièce. J'ai évacué les meubles à l'exception d'une table basse utile aux pots de couleurs, aux pinceaux, à tout un matériel indescriptible.

Et puis aussi j'ai entrepris l'inhabituel : prendre des notes pour un dessin. Cela tient à vous et à moi tout ensemble, à notre décision. À cet effet je dispose d'un cahier spécial bien qu'ordinaire. Sa couverture est noire et son papier bistre. J'ai en mémoire une remarque de vous sur les récoltes botaniques de George Sand. À la première page elle avait écrit : « Faire un herbier est une chose si grave que je vais noter : *fagot.* » Sur le cahier noir un mot, un seul, à la manière d'un titre : « Esquisse ».

Voilà donc où en sont les affaires : au brouillon blanc. Reviza, contrarié par mes allées et venues, a pissé sur le seuil de la chambre devenue atelier. C'est un chat caractériel ; j'ai remarqué récemment qu'il s'isolait sur le haut de l'armoire à confitures des heures durant. J'ignore tout de ses projets. Madeleine affirme qu'il supervise les opérations et ce point de vue – si je puis dire – est confirmé par votre amie de l'Opéra venue hier m'offrir des invitations pour son prochain spectacle à Paris. J'en profiterai pour acheter quelques nouveaux pinceaux en poils de martre du Kamtchatka que Sennelier prétend importer de Corée.

Lyterce, le plus brillant de mes élèves, est venu rechercher un carnet de croquis abandonné par lui sur la commode bleue. Je l'avais feuilleté : il interprète le Marais poitevin – où nous avons fait une excursion – comme un champ de ciel où l'eau serait venue en nuages. Un peu comme vu la tête en bas... J'ai pensé à vous qui êtes aux antipodes mais je ne lui ai rien dit de cette relation au voyage. Il a fait le tour de l'atelier sans un mot. Plusieurs fois il s'est intéressé à l'installation tendue au milieu de la pièce : un châssis bricolé en trois pans à la manière d'un paravent. Comme le soleil frappait la toile depuis l'ouest, il est venu se placer derrière, en ombre chinoise, et m'a demandé avec son bizarre accent italien si je comptais attaquer la chose de front ou de profil. Je crois que c'est un chenapan. Madeleine le prend pour son fils ; il en abuse. Mais la question reste en suspens.

Désormais, jusqu'à l'instant où, par surprise, j'entamerai le vif du dessin, l'atelier sera fermé. Le premier trait m'appartient. Le reste viendra du voyage.

Votre voyage.

Vous partez voir ce que je vais dessiner. Je n'ai pas d'imaginaire – c'est ma servitude – mais assez d'imagination pour mettre des images derrière les mots. Mes images derrière vos mots...

Peut-on infléchir le cours du temps par ce qui est écrit ou dessiné ?

Tout ce qui est formulé prend corps. Le reste n'existe pas encore, il est en suspens dans le flou de l'avenir. Il faudra déchiffrer le brouillard, écarter les voiles qui masquent les arpents du paysage, entrer dans l'ombre, observer les visages, vivre et regarder et puis enfin parler.

Vous êtes parti sans protection.

Ce sont les mots qui brûlent.

Non les feux du soleil ou ceux de l'action.

Jusqu'à présent je m'étais gardé de vous en avertir. Je craignais que le projet n'échoue par zèle. Mais puisque tout est commencé, puisque vous êtes loin, je peux bien vous livrer mes craintes.

Écoutez-moi, écoutez ce qui fait de Saint-Sauveur un jardin et de celui qui l'habite un jardinier. Ce qui nous entoure nous regarde, nous plaît ou nous déplaît, nous blesse ou nous réconforte, nous avons notre mot à dire parce que nous sommes profondément concernés. Nous sommes invités à « sentir » et nous savons que l'irrationnel, en nous, participe au discernement. Nous travaillons vous et moi sur la part affective du paysage. Ceci au moins est une moitié du contrat.

Sur la quête d'une méthode obligeant un regard débarrassé de l'esthétique ordinaire, nous avons cherché à mettre un nom. Il s'agit d'un accord tacite où se déploie tout un champ d'investigations possibles ; une autre manière de voir. À ce propos nous pouvons librement inventer des mythes, chantourner le rêve, brusquer la nature. Mais une seconde partie du contrat – non la moindre – nous lie d'une autre façon sur le terrain bien élagué des sciences de la vie. Pour cela il existe un mot curieux, aujourd'hui à la mode, construit avec toute la distance que l'homme prendrait avec son milieu si par hasard il s'avisait qu'autour de lui quelque chose se passe. « Environnement » est ce mot que l'on peut méditer comme le produit administratif d'une perception de l'espace. Il sonne en complainte avec je ne sais quoi de médical et de mécanique : on sent derrière lui se déployer une batterie de machines inlassables destinées à moissonner le savoir pour le rouler en bottes de foin. Imaginez une vache à qui on parlerait d'« espace vert » à propos d'herbe et vous aurez une idée juste de mon sentiment sur la question.

Pourtant il y a beaucoup à dire à ce sujet, beaucoup de rigueur à tenir. C'est ici que nous devons être techniques et prudents. Quand je dis nous, c'est une manière de m'associer à vos préoccupations. En réalité, c'est vous le scientifique, le chercheur rêveur, vous que je rejoins sur le champ de la pensée écologique où j'ai tant de mal à vous suivre, où tout, à peu près, m'est inconnu.

Vous êtes si intime avec votre compétence, si accoutumé à la projeter dans l'espace, que l'idée ne vous vient pas toujours d'en expliquer les fondements. Lorsque cela arrive, au cours d'une promenade, à propos d'un causse ou d'une varenne, je me sens écarté, momentanément incapable de nommer un même site avec les mêmes mots. Dans ces moments-là, je fais des efforts pitoyables pour vous rejoindre mais la distance perdure en douleur, mesure les mondes qui nous séparent jusqu'à ce qu'une couleur, une forme, un événement ordinaire nous assemble à nouveau.

Nous nous apprêtons à concilier l'inconciliable : l'état des choses d'une part – l'environnement, que vous semblez connaître – et le sentiment qu'on en tire d'autre part – le paysage, où je suis plus à mon aise.

Voyez l'écheveau tressé. Qui saura démêler le sujet de l'objet, l'humeur de sa cause ? Tout ce que nous pourrons dire ainsi, par les mots et les images, sera soumis à la critique. À tout le moins, observé. Est-ce tolérable ? Faut-il donner prise à l'analyse, à la froide dissociation de la nature et du sentiment que nous en avons ?...

Je vous propose d'établir une règle du jeu. Un paysage est ce que l'on voit après avoir cessé de l'observer, vous ai-je dit un jour. Vous faites bien de me le rappeler. Cela signifie que nous vivons sur le flottement subjectif qu'il procure mais dans le même temps nous ne pouvons pas ignorer les conditions de son existence.

Conservons les tresses mêlées de l'écheveau. Si vous êtes pris d'humeurs scientifiques, n'hésitez pas mais n'en faites pas état. Ce n'est qu'une part de la vérité.

Vous êtes loin.

D'une aussi longue absence à venir le temps me dure par avance. Il m'arrive de vous désirer proche. Ce n'est pas tant pour parler avec vous que pour faire le tri des mots, en laisser quelques-uns inutiles – venus de vous ou de moi –, choisir l'essentiel et s'y tenir.

Demain je chercherai une clef pour la chambre imaginale.

On dit que le temps sera sec et vif.

Le jardin est gelé.

La brume commence à se dissiper.

Horizon

Le Voyageur, de Palmerston West,
Nouvelle-Zélande.

Devant moi l'horizon.

Je ne saurais vous dire s'il est libre ou chargé. Je le vois comme un engagement ; sans doute parce que vous le soumettez à mon regard comme si je devais, pour la première fois, en penser quelque chose.

Que puis-je dire de cette limite qui n'en est pas une ?

En marine on parle d'horizon fin pour un ciel sans nuage, d'horizon gros pour un ciel nuageux. Et quoi qu'il arrive on se dirige toujours vers le fin ou vers le gros sans jamais atteindre l'horizon. Quand un orage s'abat sur le navire, personne ne s'avise de penser que l'horizon lui est tombé dessus. Non, l'horizon, lui, bien que gros, a échappé à l'orage, il est plus loin, repoussé aux limites du regard. Il « est » mais il n'existe pas.

Parfois je vous envie : il me semble qu'à Saint-

Sauveur l'horizon est à portée de main. Je me dis qu'en taillant la haie de votre jardin vous caressez l'horizon (le vôtre). Vous lui troussez le poil pour qu'il ait l'air vif et vert, comme vous aimez. Mais maintenant vous voilà dans la chambre imaginale : quatre murs, peut-on imaginer plus opaque ? Paradoxe : les frontières de votre atelier ont en charge l'épaisseur du monde. Là se trouvent les insectes de tous les pays, un voyage sans fin, une foule d'horizons, un éclatement des limites.

Entre vos mains l'univers.

En le consultant à distance, par-dessus l'épaule des gens qui savent, me disiez-vous, on est pris de vertige. Il est trop tard pour reculer... J'aurais bien voulu connaître votre oncle Piépol. Vous ne m'avez jamais sérieusement parlé de lui. Ressemblait-il au Monsieur Cryptogamme de Töpffer : chapeau claque orné d'un papillon, attirail de chasse et je ne sais quoi d'un passe-murailles ? Avait-il des ailes aux pieds, des guêtres, des semelles de plomb ? Pour lui devait-on mettre en boîte l'univers si grand et si fécond ?...

L'univers, moi, je suis tombé dedans.

Même pas quand j'étais petit. C'était avant. Je suis né sans distance. Comme ça. Dedans. L'univers ne s'est pas présenté à moi comme un tableau mais comme une épaisseur. La distance je l'ai cherchée plus tard, quand on m'a demandé d'expliquer. Avant, je n'avais pas besoin de recul pour comprendre que tout est enveloppant, rien ne fait objet, rien ne se présente isolément dans l'espace. Et surtout pas l'horizon. Il n'y a pas de limite, il n'y en a jamais eu. J'ose à peine vous le dire, tout ce que nous représentons par des contours est illusion. Vous avez fort à faire avec le dessin : votre travail est plus difficile que le mien.

Lyterce a tort de se moquer de vous. Il est habile. Il fait de belles images. Il saurait bien nous tromper sur la manière de poser le monde comme une sculpture sur un socle et nous faire croire en plus que ce monde-là, c'est nous. Ne le laissez pas s'approcher du travail. Lyterce est architecte, ne l'oubliez pas. Il fait des boîtes à vivre mais il les regarde comme de l'art. Là est la distance. Lyterce ne peut rien dire de ce que nous disons parce qu'il ne voit pas ce que nous voyons. Lyterce a des horizons, il a des certitudes. Nous avons des expériences, des latitudes.

Voici mon expérience, Thomas, elle vaut ce qu'elle vaut. Elle est légère et impalpable, presque incommunicable, mais elle est en moi plus forte que toutes les croyances.

C'était en haut d'une petite montagne d'Afrique. Nous étions venus en expédition chercher un insecte rare qui vit dans une forêt d'altitude (vous vérifierez à *Charaxes lydiae*, mont Kala, Cameroun ; il est peut-être dans les boîtes de votre oncle). Tout au long de l'ascension le paysage disparaissait sous la frondaison des grands arbres. Il n'y avait aucune vue. Comme si on marchait dans la nuit avec juste assez de lumière pour entrevoir les blocs rocheux du sentier, les racines déchaussées, les tapis de marantas et toutes sortes d'obstacles que nos guides franchissaient par habitude.

C'était une marche longue, aveugle, ininterrompue, baignée d'une chaleur humide qui rend les gestes mous et d'avance épuisés. Ce monde, traversé en montant, nous écartait d'un univers connu, celui des hommes, des villages et des routes, celui des cultures. Nous avions l'impression d'abandonner notre existence à chaque pas et à chaque pas d'en découvrir une autre possible, puisée à même la forêt. Sentiment rare et terrible : tout en même temps perdre et acquérir. Comme si le corps se prêtait à toutes les transfusions. On changeait de savoir comme d'autres changent de sang.

Arrivés au sommet nous étions lavés, fourbus et propres à observer l'univers sous un angle neuf. Mais le sommet était encombré d'arbres géants, de buissons et de fougères. Il fallut marcher jusqu'à un promontoire pour découvrir enfin le lieu où nous étions rendus.

C'est là que l'horizon a disparu. Disparu physiquement, comme absorbé dans la ouate infiniment répétée des nuages, en dessus, en dessous, partout baignés d'une lueur qui donnait à ce lieu unique le corps d'une île et la forme d'un vaisseau.

Notre embarcation n'avait pas de tremblement. Elle pénétrait la profondeur du ciel, laissant glisser sur sa proue des effilochures blanches. Derrière chaque passage il en restait accrochées en rideau sur les arbres, comme des usnées, ou avec elles emmêlées.

Nous aurions pu avoir la tête en bas, ou dans n'importe quelle autre position privée de repère, le monde sans limite nous apparaissait enfin dans toute sa consistance, d'un tissu continu aux mailles lâches ou serrées suivant qu'on est loin ou proche du centre de la Terre. Nous étions immergés dans cette matière elle-même : toute limite figurée au près ou au loin aurait eu l'air malhabile ou fausse, assurément incomprise. Et l'horizon qui, lui, n'osait pas se montrer aurait sans doute fait rire.

Il fallut un peu de temps pour s'habituer, retrouver le poids de nos corps pantelants et gauches, s'assujettir à nouveau à la masse, aux forces ordinaires de l'attraction, aux lois qui nous assignent à terre, nous contraignent aux vues courtes, aux couchers de soleil, nous font croire aux frontières.

Vous comprenez pourquoi, Thomas, je ne peux que m'insurger : pour ceux qui regardent la Terre la condition de gravité est une injuste punition.

Je suis né un peu après vous. À l'échelle du temps ce n'est pas grand-chose mais pour notre histoire c'est important. J'espère que vous ne m'en voudrez pas de vous le rappeler. Il ne s'agit pas du nombre des années mais de l'époque.

Apparemment nous évoluons dans le même bain, le même air ; nous buvons, nous mangeons de la même façon. Mais la nourriture n'alimente pas les mêmes réseaux de mémoire. C'est comme si pour vous elle allait tout d'un côté et pour moi tout de l'autre. Parfois cela me peine. Je voudrais qu'il n'en soit pas ainsi et qu'en plus d'être amis nous soyons contemporains.

Mais c'est impossible. Je crois que c'est impossible. À vous lire, vous entendre, vous connaître depuis longtemps, je sais qu'une irréductible distance nous sépare ; même très petite, très petite, nous sépare.

J'étais enfant quand on a marché sur la Lune. Vous observiez les cosmonautes, les vêtements, la machine pour se déplacer là-haut, la technique. Est-ce bien ce que vous m'avez raconté ? Moi je regardais la Terre. La distance qui me fait défaut. La voici tout à coup énorme et utile. La voici qui forme réellement distance, c'est-à-dire nous éloigne mais pourtant jamais ne brise le sentiment d'appartenance. Il l'aiguise au contraire. Il le fait exister.

La Terre en vrai. Pas en dessin. Pas une mappemonde. Non un objet représenté mais un être réel, celui dont on parle tant, que l'on connaît peu. La Terre bleue, toujours dans les nuages ; elle, vue de loin, très petite, seule tellement. À ses côtés un bloc mort, morne et crevassé, stérile. Je me suis demandé, oui, quelle subtile genèse avait pu installer un pareil faire-valoir, la Lune... ?

Rappelez-vous l'aventure : cette perte des frontières, le soulèvement de l'horizon (justement de l'horizon), d'autres contours, ceux des côtes, des continents, de l'eau, de l'eau en mers et en nuages, et puis l'air, le poids de l'air, cette consistance élastique, unique, et puis plus rien, plus de résistance, plus assez de particules pour tisser une matière quelconque. Pas le néant, non, mais un vide peuplé de photons et d'astres, de la Terre, de vous et de moi par exemple. Nous sommes dedans, Thomas, dedans...

Et maintenant, si au lieu de lever mon regard je l'abaisse, je peux encore trouver de bonnes raisons d'abattre l'horizon.

Moi qui cherche les plantes, je vois bien ce que les hommes en ont fait : des vagabondes. Partout où ils vont elles vont. Je trouve au Chili des rosiers chinois alors que ce continent ne comptait aucune espèce de rose. Ils sont dans la nature comme chez eux. Tout laisse croire qu'ils ont toujours vécu sur les laves du Haut Bio-Bio. Il en est ainsi pour tous les pays du monde. La friche parisienne – que vous connaissez un peu – est d'abord constituée de robiniers américains, d'ailantes et de buddleias asiatiques ; il y a même une petite armoise sibérienne qui vient tapisser les sols nus. Un jardin, n'importe quel jardin, est un *index planétaire*, on doit le regarder aujourd'hui comme un ensemble de compatibilités de vie – un *biome* – dont chaque espèce est en relation avec les espèces mères du continent d'origine. Nous en parlions en glanant sur les bords de la Théole vers Issoudun, rappelez-vous. Les grandes berces du Caucase envahissant les limons profonds de la petite rivière comme ceux de l'Indre à Châteauroux ? Vous étiez surpris par tant d'audace, tant de naturel. Près d'une vieille pêcherie un bosquet de cannes rousses : des renouées géantes du Japon ; plus tard au fil de l'eau, sous les racines d'un aulne, la fuite d'un ragondin d'Amérique. Nous étions dans un « microbiome », en quelques pas, sans le savoir, un morceau du monde où se rassemblent, de bon vouloir ou de hasard, des êtres vivants venus de tous les horizons (justement !), des plus lointaines contrées de la planète ; des plantes et des animaux qui n'avaient aucune chance historique de se rencontrer mais que l'histoire finalement met en présence. C'est un propos d'avenir, un thème fabuleux d'invention, ne croyez-vous pas ? Imaginez qu'un lien soit tendu entre l'acacia de Robin, au Jardin des Plantes de Paris, et ses congénères américains, cela tracerait une ligne au-dessus de l'Atlantique. Imaginez qu'il en soit ainsi avec toutes les espèces. On tisserait alors un réseau serré dessinant sur le globe tous les rapports compatibles. Ce serait un nouveau continent, un *continent théorique*, celui que les hommes, en ce moment même, sont en train de fabriquer.

Dans ces conditions, Thomas, de quelque point de vue que vous soyez, dites-le-moi, où placez-vous l'horizon ? Que ce soit en s'élevant au-dessus de la planète ou en plongeant son regard au sol, que ce soit par le sentiment ou par l'entendement, l'horizon s'efface des esprits comme s'effacent peu à peu de l'histoire humaine les images très anciennes de sa propre genèse.

Finalement je crois que le seul horizon dont nous pourrions parler serait celui-là : un champ virtuel situé entre ce qui est visible et ce qui ne l'est pas. Un espace non géographique, présent à toutes les échelles, une frontière momentanée de la compréhension des choses, sans plus. Il faudrait en parler avec beaucoup de prudence, évoquer l'horizon mental comme la bulle proxémique de Hall. Se dire qu'un horizon c'est personnel, intime presque. À ne dévoiler qu'en toute extrémité, quand on arrive au bord.

Je trouve que l'horizon n'a rien à faire à l'horizon. C'est une gêne. Si tout votre travail devenait une prouesse, il se pourrait que celle-ci passe par une absence de représentation de l'horizon. Exactement comme si vous étiez perché sur la Lune et que, depuis là-bas, on vous commandait le dessin d'une plage de galets en Picardie. Comment vous y prendriez-vous ?

Thomas, de Saint-Sauveur.

Saint-Sauveur a les pieds dans l'eau. Le nouveau facteur – un certain Gilbert – ne sait pas qu'il faut des bottes en mars. Deux paquets sont tombés dans le caniveau transformé en ruisseau. Leur contenu étalé dans l'atelier, seule pièce correctement chauffée, sèche de jour comme de nuit.

L'état de la chambre imaginale est évolutif. Je la voulais nette et seulement réservée au tableau, mais voici qu'y pénètrent des objets, des livres, sources d'informations diverses, le tout venant s'ajouter aux pigments, aux pinceaux, à différentes cartes du monde et aussi tout un matériel destiné à la photographie, ce qui est très neuf ici. Il m'arrive de projeter quelques images d'horizons lointains et Madeleine, que j'autorise à venir, ne serait-ce que pour nettoyer les vitres, m'assiste dans ces opérations. Elle apprécie tant ces séances que jamais les carreaux n'ont été aussi propres.

Ses commentaires m'irritent et me rassurent à la fois. À propos du fabuleux *Welwitschia mirabilis* que vous êtes allé photographier l'année dernière, elle décrète qu'il est bien normal pour une plante si vilaine d'aller se réfugier dans les déserts : « Quand on est comme ça, mi-pieuvre, mi-serpillière, mieux vaut se cacher que d'être mal aimée. » Madeleine, le visage bouffi et couperosé, le nez trop large plongé dans une ombre de moustache grise, sait sans doute de quoi elle parle. Peut-être a-t-elle construit un désert en elle pour abriter l'héritage immérité de sa disgrâce.

Depuis quelques jours je l'observe. Elle s'anime à l'heure du courrier, propose de vérifier le poêle ou d'ôter la poussière sur les boîtes entomologiques. Bref, n'importe quel prétexte pour m'accompagner au travail. Je la laisse faire : Madeleine a connu Auguste Piépol ; elle est, aujourd'hui, le seul être vivant à pouvoir nous éclairer sur les activités et la personne de mon oncle. Intriguée par mon intérêt soudain pour la collection, elle me livra, voici deux jours, un modeste secret. Dissimulé sur un rayonnage où je ne serais jamais allé fouiner, entre un album de timbres-poste et vingt-six volumes reliés de *L'Illustration*, se trouvait un carnet de voyage. C'est un cahier simple, sans ligne et très épais. « Une partie de ses notes », me dit-elle, me laissant entendre qu'il pouvait y en avoir d'autres ailleurs. Je me suis abstenu de l'interroger pour l'instant. Madeleine expérimente son pouvoir sur moi, je ne voudrais pas qu'elle en abuse.

En son absence, une autre découverte : un tas de

négatifs rangés dans des boîtes à stylos. À l'angle de la pièce, contre la porte, là où le lambris n'est pas encombré d'étagères, j'ai installé une chambre noire. Il est désormais possible d'y développer les photos comme on l'entend.

De tout cela je n'ai encore rien fait, ni ouvert le cahier, ni révélé une image. J'attends une accalmie.

D'aussi loin que vous soyez, il est bon que vous ayez un aperçu de la chambre imaginale et, tout en même temps, de mon embarras.

Au milieu la toile. Je vous en dirai un mot plus tard. Sachez seulement qu'après l'avoir enduite d'un apprêt à la colle de poisson elle s'est trouvée attaquée en partie basse par des rongeurs sans scrupule. J'ai réparé hâtivement les dégâts et mis sur pied un programme de lutte contre ces animaux ; tout ce que je déteste.

Madeleine prétend que l'hibernation de Reviza en haut de l'armoire à confitures est cause de ces désordres. Le fait est que ce chat, bien qu'immobile, ne touche pratiquement plus terre. Les souris ont dû s'en aviser.

Autour, six tabourets et une table basse. Le tout chargé d'ouvrages encyclopédiques anciens, le Seitz en onze volumes, un dictionnaire léger, quatre carnets de croquis et un énorme plumier en bronze dans lequel sont alignés des crayons et un stylo à encre car, depuis peu, vous le savez, je prends des notes. J'ai même l'impression de ne faire que ça. La liste de nos mots, classés par ordre alphabétique, y tient une bonne place. Cet arrangement prévoit *Art* en tête juste derrière *Amplitude biologique* tandis qu'*Horizon*, par nous jugé urgent, n'atteint que la quatorzième position !

Enfin, pour terminer cette brève description, trois chevalets déployés pour la circonstance. C'est là que j'ai mis à sécher votre envoi et celui de Lyterce.

Je les ai reçus ensemble. Ensemble ils sont tombés des mains de Gilbert. Pour l'instant tout est gondolé, c'est un spectacle désolant. Se pencher sur les images pour en comprendre le sens est inutile. Elles me sont parvenues comme indice et non comme information. Sans explication ou à peu près. Vous êtes aussi lapidaires l'un que l'autre, aussi peu lestes à vous expliquer. À croire que seule l'énigme est une attitude brave et que le moindre commentaire en détruirait la force.

De gauche à droite je peux voir, suspendus par des pinces à linge :

– l'emblème de Korean Airlines,

– une carte du monde à l'envers,

– la onzième vision de sainte Hildegarde de Bingen (c'est écrit au dos),

– et un dessin abstrait, voisin d'un cardiogramme, prétendu extrait d'un ouvrage scientifique d'Ozenda.

Les deux premiers sont de vous, les autres de Lyterce.

Je n'aurais pas fait cet étalage si chacun d'eux ne portait, écrit à la main, le mot « horizon ». Tant de sollicitude entendue, inattendue, quelle surprise, mais aussi quelle déconvenue en cherchant derrière ce petit inventaire, le seul trait qui pourrait me servir à tracer l'horizon. Il n'y en a pas.

J'ai mis longtemps à déchiffrer le premier document. Il s'agit d'une vue hémisphérique de la planète depuis Séoul. Très étonnant. Si l'on n'est pas averti de l'origine géographique de cette représentation, on ne perçoit qu'un magma bleu aux découpes arbitraires.

Le second document est beaucoup plus clair. C'est un planisphère édité à Sydney, où l'Australie est placée au centre et les autres continents rejetés sur les côtés ; le tout en position inverse, c'est-à-dire avec le Nord au Sud.

Dans les deux cas on comprend bien que le point de vue est centré sur la région concernée. Mais le plus troublant des deux est l'emblème coréen parce qu'il brise tous les repères habituels. L'autre, si vous me permettez, a plutôt l'air d'un amusement.

Les images suivantes sont pour moi tout à fait impossibles à interpréter. Lyterce, fâché de n'avoir plus accès à l'atelier, se contente de m'envoyer des messages ou des colis. Il boude. L'étude de revalorisation du Marais poitevin, engagée par le dessin avec mon assistance, risque de durer ou bien d'être ajournée. Nous verrons. Pour l'instant c'est le silence ésotérique. La chambre imaginale commence à ressembler à une brocante.

Voici tout de même ce qui est représenté : la vision d'Hildegarde est très colorée. Il s'agit d'un corps humain, bras et jambes écartés. Des cercles concentriques, bleus, jaunes et rouges, entourent cette figure. L'Homme dans l'Univers ? J'attends des commentaires. Quant au dernier dessin, il est inutile d'en parler, c'est un zigzag hachuré de lignes ou de croix, un schéma d'écolier dirait-on griffonné à la hâte sur un mauvais papier ; seule remarque : il est partagé au mitan d'un trait horizontal. Un équateur ?

N'importe quelle météorologie aujourd'hui s'opère par le haut. À propos d'une modeste perturbation à la pointe du Raz c'est toute la Terre que l'on voit avec la jolie découpe des continents qui s'emboîtent les uns dans les autres et les nuages pour les unir... Mais cela vaut-il que l'on abatte l'horizon ?

Pour vous je relis le voyage du *Beagle* abordant par l'est le continent australien : « En mer quand l'œil se trouve à six pieds au-dessus des vagues, l'*horizon* est à deux milles et quatre cinquièmes de distance. » Bien sûr il s'agit d'une remarque nautique et professionnelle. Il n'y a rien à dire. Pour qui, aujourd'hui, se trouve à six pieds au-dessus des vagues au large de Sydney, il y a fort à parier que l'horizon est à la place indiquée voici quelques siècles.

Mais Darwin avait dans le regard une inquiétude générale ; voici ce qu'il dit un peu plus tard à propos des terres australes : « Plus la plaine est de niveau, plus l'*horizon* approche de ces limites étroites : or, selon moi, cela est suffisant pour détruire cet aspect de grandeur qu'on croirait trouver dans une vaste plaine. » Il envisage que l'absence d'accident entre l'observateur et le fond du paysage accélère la perspective, rapetisse l'espace. C'est un point de vue d'architecte. (Tous ne sont pas fabricants de boîtes.)

Il s'est passé tant de choses depuis le voyage du *Beagle* que l'horizon, bien sûr, semble avoir fléchi. Que dirait l'architecte aujourd'hui ?

Vous parlez confusément de la « distance ». Est-ce à dessein ? Vous semblez confondre celle qui fait mesure et celle qui donne à comprendre. Celle des chiffres et celle du recul. Entre les deux vous placez l'horizon de telle sorte que celui-ci apparaît constamment comme une illusion. Je me demande si vous ne prenez pas notre contrat trop à la lettre. Il est parfois nécessaire de dissocier le « savoir » du « flottement subjectif » par lequel nous comprenons le paysage. Mais vous êtes trop savant, vous savez trop ce qu'il y a derrière l'horizon, voilà pourquoi votre univers n'est pas celui de tout le monde. N'oubliez pas que le commun voyage en géométrie plane. Toute mesure qui s'ajoute finement à une autre plus ancienne ne fait que préciser un niveau de connaissance en s'appuyant sur le principe de limite (celui-là même que vous refusez). Et cela vient de l'habitude à prendre les mesures en ligne comme si la Terre était plate et l'horizon à la fin. Alors évidemment, dans ces conditions, l'horizon est toujours au bout de la mesure. Voyez Darwin.

Notre regard installe partout ses frontières. Celles-ci fondent un territoire que l'on peut appeler, dans l'instant, notre paysage. Sur ce point au moins je pense que vous serez d'accord. Mais vous ne savez pas vous en contenter. L'envie vous démange de connaître le derrière et le dessous, le plus loin des choses. Et lorsque vous n'êtes plus en mesure de lire en profondeur vous interprétez. Cette anticipation permanente sur le scénario tranquille du paysage – celui que tout le monde peut voir – fait du paysage un drame (de *drama*, action), un vaste théâtre dont vous seriez le seul acteur, bravo, et dont les décors tomberaient par miracle aux moments voulus de vos déclamations. Vous êtes un cabotin. Regardez-vous dans un miroir. Ayez la décence d'observer qu'entre ce que vous voyez de vous et ce que vous savez de vous il n'y a qu'une très petite différence. Mais elle existe. C'est ce que nous appelons l'horizon. Et l'illusion serait probablement de croire que cette différence-là est illusion.

Je ne peux pas tout à fait rejeter vos propositions. Je les prends comme un emballement à vous jeter dans le vide. Pour servir la cause – celle d'un regard différent sur l'univers – vous seriez prêt à éprouver physiquement la chute d'un corps dans l'atmosphère (qui atteint, on le sait, une vitesse de pointe assez décevante : 240 kilomètres-heure pour quelqu'un de votre densité. N'avez-vous pas déjà fait cet exploit à moto ?). Je me souviens très bien de votre plongée en apnée sur la côte varoise. Vous vous êtes mis en position de regarder la surface de la mer par en dessous en nageant sur le dos à une profondeur telle que votre champ de vision embrassait la lumière du dehors sur le miroir brisé, ondulant de cette immatérielle surface. Kaléidoscope... Pris dans l'émerveillement – le corps et l'esprit noyés –, vous avez oublié de respirer. On vous a repêché à temps sur un herbier de posidonies ; vous aviez un ange gardien, plus habile que vous, semble-t-il, en tout cas mieux adapté à l'observation des fonds et la manière d'y garder le souffle. Il n'y a pas que les mots qui brûlent ou qui noient, il y a l'inconnu, les désirs.

Pour y accéder, on ne sait pas à quel point le moindre escabeau est dangereux. Madeleine pourrait vous en dire quelque chose, témoin d'une scène ridicule où, pour la première fois depuis de nombreuses années, j'essayais de regarder par-dessus la haie.

– Que cherchez-vous, monsieur ?

– L'horizon, Madeleine, c'est une affaire entre lui et moi.

– Vous savez bien que l'escabeau de votre oncle est en mauvais état. Ce n'est pas le meilleur de votre héritage.

– Je sais, Madeleine, mais il y a urgence, il faut que l'héritage serve à quelque chose. Tenez les pieds, je prends des notes.

– Des notes ?

– Oui, des notes, un croquis, si vous préférez.

– C'est de l'espionnage, ça, monsieur Thomas, on n'a jamais vu une chose pareille à Saint-Sauveur. Avec des jumelles en plus ! Et qu'est-ce que vous voyez là-dedans ?

– Du linge qui sèche.

– Du blanc, c'est sûr, on est lundi. (Madeleine était aux anges.) Madame Katz fait sa couleur en fin de semaine, tandis que moi…

– Madeleine, tenez les pieds au lieu de bavarder, ça s'enfonce.

– Normal, monsieur Thomas, sous l'horizon il y a les taupes.

Je suis tombé côté Katz. Sans gravité. Elle m'a offert un thé. J'ai sauvé le dessin : un entrelacs de lignes qui annoncent des lointains.

... En les comparant à vos textes, aux prises de vue du volcan Conguillío et d'autres que vous m'avez confiées, je conclus au désastre. Partout il y a des portes, des fenêtres, des lumières qui ne cessent d'associer les prairies et le ciel ; même dans les mots – et pourtant les mots sont par nature sur eux-mêmes fermés – même dans les mots vous ne bouclez pas la boucle. On dirait que la ponctuation chez vous est un accident respiratoire et que les phrases pourraient s'enchaîner indéfiniment, s'enfuir en spirale dans le vent... puis revenir des heures ou des mois après, portées par d'autres vents comme si rien dans le voyage n'avait arrêté le discours. C'est épuisant.

Avez-vous conscience de ce que vous entraînez en affirmant que *Rosa moschata* est aussi bien à Santiago qu'au Sichuan, et même peut-être mieux ? Comment voulez-vous que je m'en sorte alors que, chez moi, ce rosier a pour territoire un arpent de grave et qu'à mon point de vue – celui que j'ai depuis la véranda – il achève de se déployer là où il se trouve (et non ailleurs) avec les racines bien ancrées dans le sol de Saint-Sauveur ? Il a pour fond de paysage la haie de myrobolans. Cet horizon m'appartient. Je peux tranquillement le dessiner et même le réduire au trait : tel est mon avantage. Mais le vôtre, le vôtre est impossible. Il acquiert une épaisseur que le dessin est incapable de restituer.

Je tiens à mes haies, à mes barrières, au périmètre de mon jardin. Vous ne pouvez savoir à quel point je suis « propriétaire », à quel point mon appartenance au lieu est liée à la certitude que ce lieu n'est pas à n'importe qui, pas à tout le monde. Il n'est pas « au monde », si vous voyez ce que je veux dire. Comment pouvez-vous être nulle part, errer d'un port à l'autre, comme les otaries du Cap, vues ailleurs, vues partout... ?

Comme les sternes, les danaïdes et le plancton... ?

Quel fluide vous balade d'une rive à l'autre ? Êtes-vous à la recherche d'une Terre unique, formée de tous les continents assemblés, comme un seul jardin ? S'il en est ainsi, quels en sont les plages et les sommets, les climats et les contours ? Quelle langue y parle-t-on ?

Quel possible soleil pour se coucher sans horizon ?

Herbe

Thomas, de Saint-Sauveur, par temps froid.

Sur le bureau de la véranda j'ai apporté le plumier en bronze. À côté, un vieux sous-main de cuir, un buvard épais taché de traits fins, une tasse de café vide et, dans l'angle, un petit vase bleu de verre soufflé dans lequel trempe une fleur d'hellébore. Des objets rassurants. Rien que rassurants.

C'est l'hiver, il fait chaud et la nuit tombe. J'ouvre au hasard le carnet entomologique. Je ne sais pas si c'est le bon moment mais le hasard a ses exigences, il ne faut pas y contrevenir.

À propos de noctuelles et de piérides je lis : « Les *Agrotis* ne se nourrissent pas d'*Agrostis* de même que les *Pieris* ne mangent pas de *Pieris*, les savants s'amusent à des riens qui fabriquent, à la longue, un épais nuage de savoir, destiné, peut-être, à obscurcir la connaissance. »

Je me demande si mon oncle Piépol n'avait pas

l'esprit encore plus agité que le vôtre. Dans un style plus ancien mais aussi peu explicite il collait des morceaux de plantes sur le revers des feuillets, sans autre indication que celles liées aux insectes : nourriture pour telle larve, telle chenille. En feuilletant rapidement j'ai trouvé quelques appréciations sur les arpenteurs, les géomètres et les satyres : « ... petites gloutonnes polyphages préférant toutefois les graminées... ». C'est vague.

Je n'ai pas rencontré le *Charaxes lydiae* du mont Kala dont vous parlez, ni dans les collections ni dans les notes. Pas plus que d'explications sur *Agrostis* et *Pieris* vous vous en doutez. Pour en savoir plus j'ai fait des recherches ; tout cela me donne un travail supplémentaire auquel je ne m'attendais pas. Mais j'y prends goût.

Agrotis est le nom d'un papillon de nuit très ordinaire en Europe, il a les ailes inférieures jaune soufre. *Agrostis* (avec un *s*) est le nom d'une graminée également très répandue chez nous. Elle ne semble pas avoir de rapport avec l'insecte.

Pour le genre *Pieris* j'ai eu plus de mal. L'animal est le plus banal de nos papillons diurnes : la grosse piéride blanche avec un point noir ; mais pour découvrir l'homonyme végétal (et je doutais qu'il y en eût un), il m'a fallu inventorier toute la bibliothèque. Finalement il s'agit d'un arbuste japonais plus connu sous le nom d'andromède à ne pas confondre avec le genre *Andromeda*, lequel est un sous-arbrisseau tapissant à fleurs roses. Celui-ci au contraire fleurit blanc comme le

muguet en plein hiver. En aucun cas il ne sert de nourriture aux piérides qui elles, je vous le rappelle, mangent du chou. Il y a de quoi s'y perdre. Après réflexion,
je constate que le « naturaliste Piépol » abordait la
question avec sérénité. Sans doute avait-il du recul.

Mais pour qui n'est pas averti, comprenez-moi
(comprenez-nous), aborder la nature ainsi est dissuasif.
N'y a-t-il pas quelque chose à faire ?

Faut-il continuellement étiqueter le monde, ranger
les êtres par différence ?

Sur quel principe identitaire arrêtons-nous nos décisions ? Affinité, aspect, comportement ?

Qu'est-ce qu'un nom ?

Vous me parlez de « biome ». La façon que vous
avez d'assembler librement les espèces les plus diverses
qui n'ont − je vous cite − aucune chance historique de
se rencontrer, mais que l'histoire assemble, évoque en
moi des fictions de terreur ou des contes légers, c'est
selon. Je pense à ces livres pour enfants découpés en
lanières, que l'on feuillette en combinant le corps d'un
chameau avec la tête d'un hibou et la queue d'un
oiseau de paradis. Bien sûr il y a de quoi rêver...

N'avait-il pas raison, mon oncle, en suggérant que le
savoir jette sur la connaissance un voile opaque ?

Je voudrais tant que nous parlions de choses sim-
ples. Comme celles éparpillées sur le bureau, sans
excès. Comme cette fleur d'hiver, la rose de Noël, ou
comme l'herbe que j'esquisse sur une toile d'essai. Une
herbe blonde et rousse, selon vos dires.

C'est cela, abaissons notre regard. Sans doute était-il parti trop loin. Égaré.

Sous nos pieds, vue par-dessus depuis la hauteur normale d'un homme, cette absence totale d'horizon : l'herbe.

Parlez-moi de l'herbe. Je ne comprends pas l'herbe. Elle est partout, insidieuse et rebelle. Elle s'installe sur mon terrain avec aplomb et singularité. Moi qui ne suis pas spécialiste j'y reconnais de nombreuses espèces (à force). Trop nombreuses. Que font-elles, entrelacées, superposées, agencées confusément dans la moindre fissure du dallage, au pied de mes rosiers et parfois même sur les murs ? Je souhaiterais que vous apportiez des lumières sur le comportement abusif de l'herbe. Croyez-vous que les herbes blondes signalées par les voyageurs du bout de monde sont aussi rétives que nos molènes, aussi acrobates que nos corydales ?

Les terres sur lesquelles vous marchez à grandes enjambées – avec ces chaussures pleines de crampons et de boue –, ces herbes drues et revêches, parfois rousses, dites-vous, ces déserts d'arbres, ces paysages mornes et somptueux, quasi mandchous, répétés jusqu'à l'ennui (je veux dire au moins jusqu'à l'horizon), qu'ont-ils à dire, qu'ont-ils fait pour tomber dans la disgrâce des hommes, pour être abandonnés ? Que savez-vous sur les herbes, que savez-vous d'autre que les noms latins ? (Ces noms qui forment des listes, jamais des paysages.) L'univers est ostensible et baroque. À Saint-Sauveur il y a de la houlque fugace...

Dans les livres il y a des steppes. Vous m'avez montré quelques photos de Cradle Mountain. Je vous imagine entre les button-grass parsemés de ruisseaux d'où s'évadent au crépuscule les wombats et les wallabies. Pour le reste je vois assez bien les brumes et la forêt de pins Huon. Pas plus tard qu'hier j'ai achevé une huile de la prairie de carex... Je n'en suis pas très content, je vous la montrerai dès votre retour, c'est une particularité ; je l'ai exécutée d'après un de vos textes retrouvé en rangeant. Pour cette région du monde, où les cartes situent un « territoire inexploré », vous aviez imaginé, Dieu sait pourquoi, un grand-duché de Tasmanie « ... le pendant du Royaume patagon, une forêt sans âge, des clairières d'herbe drue où vivent les tiger-snakes et des grenouilles par milliers... ». J'avais assez de cette description pour commencer un dessin, puis un autre, et finalement essayer la couleur.

C'est à ce moment que j'ai rencontré les difficultés. En somme je peignais l'herbe, je voulais la représenter, et tant que j'esquissais les pelouses à la mine de plomb tout allait bien – enfin je crois, vous me donnerez votre avis – mais avec la couleur sont venues les nuances d'ombre et de lumière, à l'improviste, sans véritable rapport avec les premiers essais. J'ai longuement hésité à me replonger dans la contemplation des photographies mais, les ayant jugées trop à l'angle de vos vues, trop à l'échelle du voyageur, j'ai repris les textes. Cela me convient mieux.

Sur ce paysage, précisément, celui du lac d'herbes sous la pluie, il est question d'*Epacris* et de mousses, de carex, de luzules et beaucoup d'autres que j'oublie. J'ai compris qu'il fallait parler des espèces, bien sûr. Mais comment évoquer la diversité sans tomber dans l'échantillon ? Voyez ma difficulté : qu'est-ce qu'une pelouse, la diversité entremêlée ou bien la lumière du tapis mordoré ? Les scientifiques affirment que sous nos latitudes l'herbe est plus riche que l'arbre, plus diverse. D'une certaine façon cela me contraint. J'aurais aimé ne pas en être averti. En même temps, je ne peux m'empêcher de vous interroger. Par exemple, j'aimerais saisir pourquoi votre royaume est forcément un territoire inexploré, un lieu d'essences inconnues et multiples. Est-ce pour mieux vous y cacher, ou pour mieux découvrir (à l'abri) ce que vous y dissimulez vous-même ? Où donc les voyageurs vont-ils cacher leurs œufs de Pâques ? J'y songe à cause des évidences : ce qui apparaît entre les herbes (entre les mots), cette ombre-là, celle qui naît du pinceau sur la toile, en ce moment même, impossible à incarner ou à faire disparaître, cette existence secrète, non dite et pourtant si réelle (je ne vois que cela), il faut bien qu'elle soit prononcée, écrite quelque part, qu'elle ait une figure. Est-ce vous ? Une ombre de vous ? Je n'ai rien inventé du tableau que je fais. Tout est certitude, y compris ce que j'ignore. Tout est indiscutable, puisque venant d'ailleurs. De vous. Le voici commencé. Dans le doute, comment pourrais-je le terminer ?

Vous avez besoin de moi pour poser les questions. J'ai besoin de vous pour les interpréter. Ne me donnez pas des réponses. Il y a tant de gens qui s'en contentent, je ne voudrais pas être de ceux-là.

Donnez-moi vos impressions, comme autrefois, avant d'être savant. Parlez-moi de votre temps, celui de vos paysages intérieurs. Vous faites partie de ceux qui rendent mieux compte d'un paysage après coup qu'en le décrivant : vous êtes un mauvais scientifique. Il y a plus de réalité dans vos rêves que sur les lieux de vos descriptions. Mais j'ai besoin des deux. J'ai corrigé tant de copies, tant de dessins malhabiles, acceptez mes exigences, je serai indulgent. Je relisais plusieurs fois vos textes – je le fais encore – à cause du silence produit par certains mots. J'empruntais ces plages vacantes pour mon seul repos, j'essayais d'imaginer ce que vous imaginiez et cela me donnait des voyages.

Déjà.

J'aurais dû savoir que vous étiez déjà parti, déjà toujours ailleurs, que vous partiriez toujours, que vous seriez toujours entre les mots prononcés ou écrits, insaisissable et dense comme les animaux marins dont vous parlez quelquefois en admirant l'imperceptible sillage. De vous à moi je me demande quelle est la bonne distance de fuite. Faut-il toujours qu'un océan nous sépare ?

Alors, si vous rencontrez un de ces paysages, un de ceux pour lesquels je suis dans l'inquiétude de vous savoir ailleurs, abstenez-vous d'être exact mais soyez rigoureux. Avec votre âme surtout. C'est un travail quotidien.

Le Voyageur, de La Serena, Chili central.

La pluie au camp de Curacautin est entrée jusque dans les livres fermés. J'ai recopié un de vos dessins : une carte du monde qui tient dans la main, barrée à l'équateur par une ligne de chance (la franchir d'un doigt pour désigner ici ou là l'un des points mystérieux dont elle est maculée est un jeu...). Je me demande pourquoi vous avez tant négligé les océans : à peine deux ou trois îles perdues dans le vide. On ne peut en dire autant des continents griffonnés, j'ai du mal à les imiter. Peu importe, j'aime bien cette mappemonde qu'on tient comme un galet. C'est ma boussole et parfois je la retourne : de cette façon, même l'exil est au centre du monde.

Vous êtes resté secret sur le sens de ce dessin, sur tous ces ports dispersés :
– un semis de volcans ?
– les relâches de Cook ?

– ou l'ombre des étoiles à la Saint-Jean ?

À part les cartes du ciel, il n'existe que les leçons de choses pour produire d'aussi maigres schémas.

Enfin soyez sans inquiétude : je fais sécher l'original au soleil brûlant de l'Elqui. C'est presque aussi bien que votre nouveau poêle mais je n'ai pas besoin de pinces à linge pour suspendre le document. Il est bien plus petit que la carte de Sydney.

À ce propos je suis surpris que vous n'y trouviez pas plus d'intérêt. Plaquez-la quelque part sur un mur et laissez passer les jours. J'ai pratiqué l'exercice avant de vous l'envoyer. Ce n'est pas qu'un simple amusement. De l'habitude à toujours situer le nord en haut vient pour nous une grande difficulté à lire le monde selon une autre direction. Peut-on essayer ?

Nous sommes beaucoup plus au nord, désormais il fait sec.

Dans cette haute vallée il y a des chèvres par troupeaux. Je n'en ai jamais vu autant. À cette époque de l'année – décembre est en fin de printemps – les manades transhument pour accéder aux pâtures d'altitude. Pâture est une image tant la terre est râpée, mangeraient-elles les pierres ? Entre les pics décharnés et polychromes – je vous assure, il y a toutes les couleurs, celle du sucre candi et de la glaise verte, de Sienne et des Sables-d'Olonne, des laves et de la craie – s'installent en campement les bergers venus à cheval et à pied. À cet endroit, les Andes n'ont guère de statut : cinquante bons kilomètres séparent les postes frontières, on ne sait pas où on est. Connaissez-vous ce sentiment : une incertitude enveloppante ; appartenir à un lieu qui n'appartient à rien ? Être nulle part mais y être vraiment (comme les trains) ? Vous seriez content : il n'y a pas d'herbe ici, pas du tout. L'humus est absent, la roche trop pauvre et trop mobile, le vent trop sec et trop violent, la montagne s'écroule par pans, l'Inca y venait en grande méditation recevoir l'enseignement des étoiles. Car la nuit y est plus claire que n'importe où ailleurs.

Non il n'y a pas d'herbe, mais une équivalence ténue qu'il faut deviner entre les pierres – ostensible et baroque avez-vous dit, c'est bien vrai –, un monde serti dans la montagne en destruction ; il faut se pencher pour le voir, pour s'en émerveiller. Ici le détritisme violent alimente des choux nains et des violettes andines, donc des chèvres et finalement des hommes un peu maigres, vus auparavant sur leurs chevaux lents.

Il y a des lieux dans le monde où tout manque. Il faut voir comment s'organise la misère et quel aspect elle prend, cachée, presque souterraine, si profondément adaptée à la difficulté d'être que la moindre fumure, un peu d'eau, assurément la tuerait.

Mais l'herbe dont vous parlez, la vôtre, est grasse et tapissante – sauf peut-être l'été ? – elle gagne tout, elle opule, elle nourrit des animaux déjà repus, elle repousse sur elle-même, inépuisable matrice, elle n'échappe qu'aux labours d'hiver. Et encore. C'est vous qui le disiez d'un air écœuré : dans les silos « ils » en font de la confiture...

Avant de vous connaître, cette herbe-là je la croyais

d'un seul tenant, d'un seul tapis sous les vaches : une sorte de matière à ruminer amorphe et unitaire, celle dont on parle à propos de Normandie, celle qui fait le vert des golfs et des espaces verts, celle qui remplit tous les vides, occupe des lieux sans nom.

Et puis un jour, à la Saint-Roch, tout a changé. Le temps lui-même était en train de changer, il faisait encore très chaud, encore très clair dans le ciel, une de ces nuits de mi-août où un très court moment de froid annonce des froids bien plus grands qui viendront plus tard. C'était une expérience.

Une chance. C'est à cause de vous. Une violence.

Sans doute avez-vous oublié. Ce jour-là je marchais les pieds nus – sur vos recommandations. Il fallait monter à la citerne, paraît-il, voir se lever le soleil.

La nuit avait été blanche ; les amis dispersés, endormis ou hagards, ne disaient plus rien. Il brûlait encore trois chandelles mais elles ne vacillaient pas. On pouvait entendre de loin la clochette d'un chien – enfin, probablement – mais si loin, si inlassablement loin que ce chien peut-être n'allait jamais venir, et cela donnait à la nuit une profondeur folle, comme sous la mer ; j'en ressentais une douleur (à la gorge, il me semble), une douleur dont je ne peux pas dire grand-chose mais il me reste une impression : être isolé dans un paysage lumineux, interdit à la vue car la nuit sur les yeux.

Et les yeux grands ouverts cependant. Grands.

Vous m'avez dit alors le moment est venu. J'ai pensé aussi qu'il était venu. Vous avez disparu. Vous êtes allé vous coucher comme les autres et je suis parti...

Le voyage d'aujourd'hui a commencé là : derrière cette maison, une nuit sans lune et sans vent, presque ordinaire, il y a des années.

Il s'agissait bien de l'herbe. Qu'aurais-je pu rencontrer d'autre ? Les arbres à cet endroit ont disparu, un peu comme ici le désert de l'Elqui. Derrière chez vous quelques marches, un muret. La colline n'est pas loin, elle n'est pas haute non plus. Pourtant j'entamais un long parcours. À chaque pas reconnaître les aspérités, les détails du sol, sa rugosité, éviter les petits cailloux pointus ou n'exercer sur eux qu'une faible pression (la plante des pieds orientable comme une voile, je découvrais cela). Le tact, l'infinie précision du toucher, le frôlement des espèces, non comme une caresse mais comme autant d'identités reconnues ? On ne peut imaginer que le chuintement des pas dans l'herbe sèche, cette foulée mécanique (quelle plus grande superficialité ?), recouvre tant d'individus avides, tant de vies hâtivement brossées ou brisées, tant de présence sous les pieds... Comment le sol insignifiant pouvait-il acquérir une telle densité, se manifester en somme par sa population et non par sa consistance ? Je marchais sur une population ; personne ne m'avait dit cela, ni vous ni les livres.

Suis-je excessif, allez-vous me comprendre ? Tout venait du dehors, si familier devenu si étranger : il n'y avait pas de peur, une simple voie d'accès à la terreur.

Les herbes. Elles étaient des centaines, animées d'une imperceptible agitation (avec la nuit, la fuite d'un serpent aurait fait du vacarme). Chacune offrait les chances d'être reçue ou caressée, broyée, repoussée, frôlée ou contournée ; chacune sur moi, sur mon corps se comportait différemment et parfois je mettais les mains pour mieux comprendre – être mieux à l'épreuve –, je les retirais, soumis à la panique des êtres dérangés, je mesurais la meilleure manière d'échapper au massacre et d'y participer à la fois. Écoutez : la brisure des flouves sèches, certains chaumes résistent et se redressent, leur fût lisse glisse sur la peau sans retenue. Les petits trèfles collent, attirés ; ils ont assez de fraîcheur pour délivrer à la ronde une brume emportée ; ils nourrissent l'air de la nuit et viennent se plaquer à la voûte. Il faut attendre un peu, attendre une délivrance, un laissez-passer ; lorsqu'à nouveau les pétioles se retirent, les folioles s'ouvrent vers le ciel, on peut aller plus loin.

Il faut marcher lentement, comme jamais un homme ne marche, au rythme des échanges, en retenant son propre poids à chaque point d'appui, en orientant sa progression suivant les inflexions du sol, les messages. Sinon, comment saurait-on que le duvet des molènes tremble comme les vibrisses d'un chat au contact du chaud ? Les glumes de stipes s'entrechoquent alors que le vent est absent, le chiendent s'ancre à chaque choc pour mieux tenir au sol, il se prépare ; l'herbe à Robert s'ouvre, elle s'abandonne, le gouet se rétracte insensiblement comme pour mieux s'enfoncer dans la terre, disparaître, le gaillet s'étale, dirige ses agaces pour qu'on les emporte, la bryone et l'herbe aux femmes battues s'envrillent un tour de plus, l'arrête-bœuf

rehausse ses aiguillons, l'immortelle poivrée comme la
sarriette et le thym libèrent à la hâte des essences retenues sous leur cuticule cornée pour un bref avertisse-
ment de parfum...

C'est ainsi que je sais certaines choses. Je les sais de
ce temps-là. Depuis, si j'ai fait d'autres expériences,
c'est avec la carapace ordinaire des voyageurs diurnes ;
mais parfois, lorsqu'il m'arrive de plonger la main sous
une touffe d'euphorbe atlantique (par exemple), je n'ai
pas besoin de fermer les yeux pour sentir la fraîcheur
de cet infime sous-bois, la pilosité des limbes apparemment glabres, la très légère inclinaison des feuilles au
contact d'un autre corps : il n'y a pas d'indifférence. Il
suffit que je repense au jour où je montai vers la citerne.

En haut de la colline j'arrivai épuisé, vidé de tout,
ayant abandonné en chemin le sentiment de mon existence dans l'existence de chacune des herbes rencontrées. Elles avaient tout pris de moi, toute la substance.
Je les avais reconnues une à une sans les voir ; mais au
lieu d'une collection dans la tête j'accumulais plutôt
des fourmis dans les jambes, le corps brûlant, les sangs
brassés par du vinaigre chaud.

Je puis vous le dire maintenant : j'étais malade et
bienheureux, j'avais traversé l'épreuve de l'herbe
comme d'autres celle du feu. Alors le soleil pouvait
bien se lever, qu'aurait-il à éclairer que la nuit n'ait
déjà révélé ?

Ainsi est venue l'aube : pour sauver d'une fatigue.
La lumière a rempli le paysage par le haut un peu vive-
ment d'abord, lentement ensuite.

Longtemps la colline a gardé les cernes d'ombre, au pied. Vous m'aviez averti : à cette heure le village est une île ; je me suis endormi.

Tout cela se passait chez vous. Ici le paysage est différemment rangé.

Il est rude.

Les montagnes ferment la vue, ménagent des cols en V secs et pointus. Tout est ocre, brun et doré. Le ciel est peint à la gouache avec beaucoup de lumière dedans. C'est un univers silencieux et tendu, traversé par la fonte des neiges et les éboulis rocheux.

L'air est en excès. L'oxygène manque.

Le Voyageur, de la vallée de l'Elqui, Nord-Chili.

Chute sur un pierrier. J'ai perdu une gourde et un altimètre. Le sac à dos m'a protégé pendant la glissade. En fin de course un gros rocher : blessure au front et aux genoux. Un berger est venu m'aider à sortir de cette crevasse. Il est très âgé et n'a plus de dents. Il sourit tout le temps. Il s'appelle Juan de Dios, je lui ai demandé pourquoi. Il ne sait pas.

Il dit qu'il me reconnaît. Je suis celui qui a transporté la chèvre malade, l'autre jour, sur le plateau de la camionnette. Dans la vallée tout le monde le sait. Les bergers de transhumance viennent ici chaque novembre. Ils ont chacun un territoire et se connaissent entre eux. Juan est le dernier, le plus haut. Dans la vallée les nouvelles vont vite. Ils disent que le Chele campe là-haut pour voir les étoiles. Tous les gens qui viennent ici, c'est pour les étoiles. Parce qu'on est très haut et que le ciel est très clair.

J'explique à Juan que je ne suis pas venu seulement pour les étoiles mais il ne me croit pas. Chele est le nom du maïs jeune, à cause de mes cheveux. Les gens qui ont cette couleur de cheveux viennent toujours pour les étoiles. Juan rit.

Quand je lui parle de l'herbe il devient sérieux. On dirait un enfant attentif. L'herbe, c'est important. Il aime l'herbe. Je lui dis qu'ici il n'y en a pas. Il rit à se rouler par terre et m'offre une boisson que je ne parviens pas à identifier. C'est amer comme du maté. C'est peut-être du maté. L'Argentine est proche. On le boit dans des gobelets en métal émaillé désémaillé. Il commence à faire froid. Demain Juan me montrera l'herbe d'ici. Il parle de celle que l'on fume, celle qu'on boit, celle qu'on mange, celle qu'on tisse ; il montre les pans rocheux qui deviennent roses et mauves. Je ne vois que des pierres, il me parle de l'herbe encore :

– Elle est partout, Chele ; elle est sous les pierres aussi.

Juan s'exprime dans un sabir andin que je comprends parce qu'il fait l'effort d'être lent et que ses gestes sont clairs. Il se traduit lui-même pour moi. Cela prend du temps :

– Elle est sous la neige. On la verra bientôt quand il fera meilleur. L'herbe est aussi dans le désert. Mais je préfère ici, à cause de l'air, c'est meilleur pour les chèvres. Il n'y a personne ici. Les gens qui viennent sont encore plus rares que ceux qui traversent l'Atacama. Sois le bienvenu, Chele, tu dormiras chez moi. J'ai des herbes pour soigner la tête et les genoux. D'autres pour dormir.

Le campement de Juan est aussi sommaire que ma tente mais plus spacieux. Il est fait de toiles et de déchets divers : pneus pour caler les planches et les tôles. L'ensemble est contreventé par un amas de cailloux. On dirait une yourte détruite à demi enterrée. Il y règne une petite chaleur et l'odeur persistante des chèvres. Nous sommes pour ainsi dire avec elles. Je demande à Juan si elles mangent l'herbe dont il parle. Il me regarde, étonné.

– Les chèvres font ce qu'elles veulent, Chele. Mais l'herbe, c'est autre chose. L'herbe est une affaire d'homme.

Je vous livre cela comme je l'ai reçu, Thomas, sans détour et sans explication. Je n'y avais pas pensé et peut-être vous non plus : l'herbe de là-bas est une affaire d'homme. On en parle sérieusement. L'herbe est rare. Elle compte. Chaque espèce a son rôle. Alors que chez nous elle s'emmêle à profusion, elle est, en ce lieu, éparse et dispersée ; chacune séparée de l'autre par un cailloutis, un lit de pierres, un bloc de roche, une rivière. On va où elles vont : au bord du torrent pour les grands cortadères dont on fait des litières et des toits. On fouille les talus ensoleillés où poussent les capucines à feuillage argenté. Leur bulbe comestible est enraciné profondément dans la glaise. Il faut savoir ôter les cailloux, gratter la terre convenablement pour ne pas rompre la frêle racine qui mène au tubercule. Ailleurs, un peu plus bas, ce sont les alstroemères aux fleurs

lumineuses dont on prélève la racine. Il faut laisser les
pieds groupés bien en place pour ne pas épuiser les
populations. La montagne se gère. On croirait même
que les pierres se comptent. On les remet en place.

– D'habitude, Chele, les étrangers ne me parlent pas
de l'herbe, ils cherchent les étoiles, les images. Ou
alors ils courent vite en haut de la montagne et ils
redescendent (Juan rit). Ils font des courses peut-être
comme les messagers de l'Inca autrefois. Mais toi, tu
me parles de l'herbe. Qu'es-tu venu faire ici ?...

Juan me montre où fleurit Don Diego de la Noche,
une œnothère blanche, odorante qui s'épanouit au crépuscule. Il parle beaucoup des racines, celles des cous-
sins gris, des cierges épineux, des violettes et d'autres
dont j'ai oublié les noms, avec un rhizome horizontal
qui s'allonge dans l'éboulis à chaque amoncellement
de pierres. Ces herbes ont des allures fragiles, elles ont
des forces cachées qui les lient au détritisme violent de
la montagne. Elles ont mis au point un système de vie
qui leur permet d'échapper à l'ensevelissement, mais
qui, en même temps, le demande.

– Sans cailloux, ces herbes-là, Chele, elles meurent... Plus bas encore, si tu descends dans la vallée, là
où il y a moins de cailloux tu trouveras des herbes différentes. Sur les flancs humides il y en a d'immenses.
Avec une seule feuille un homme peut s'abriter de la
pluie. Celles-là, les chèvres ne les aiment pas. Elles ont
trop d'eau.

Juan ne veut pas que je parte. Il dit que je dois
répondre à ses questions.

– Tu n'es pas venu pour les étoiles. Tu n'es pas venu pour l'herbe. Lorsqu'on vient de si loin dans un lieu si désert, il faut avoir des raisons.

– Je crois que je suis venu pour écouter ce que tu dis, Juan.

Pour la première fois Juan a l'air triste.

– Il ne faut pas parler comme ça, Chele. Moi je suis vieux. J'ai beaucoup raconté d'histoires. J'ai donné mes images. Donne-moi les tiennes.

J'avais oublié que nous sommes venus piller le monde. Le photographier, le mesurer, lui donner un nom, un ordre, le plier à nous. Nous sommes des prédateurs, Thomas. J'ai mal au ventre, je n'ai pas dormi de la nuit, j'ai parlé.

J'ai parlé dans mon sabir à moi avec des mots bizarres pour que Juan entende, pour qu'il emporte avec lui des images quand il redescendra là-bas, à La Serena, dans la plaine. J'ai raconté Saint-Sauveur, l'herbe de chez nous, les villes et les gens, les affaires. Et puis le jardin, la haie de myrobolans, l'orne aux chicons, les cloches de verre. (Juan était très attentif.) La maison aussi : la véranda, la chambre imaginale, les boîtes à insectes. Juan voulait en savoir plus sur votre oncle.

– Il courait le monde comme toi ?

– Je ne l'ai pas connu. On sait peu de choses sur ses voyages. Je crois qu'il n'a jamais traversé l'Elqui. Il ramassait des insectes pour les élever, il cherchait aussi leur nourriture.

– Les insectes mangent des herbes, ils font comme nous. Parfois je ramasse des vers pour les cuire à la poêle, c'est bon avec le riz sucré. Des insectes secs, on ne peut rien faire avec. Ils servent à quoi dans les boîtes fermées ?

– On les range. On les compare.

– Alors c'est ça que tu es venu faire. Comparer ?

Juan est déçu. Je lui explique comme je peux l'histoire de ceux qui sont venus recenser les plantes et les animaux, les décrire, les dessiner. Je parle des grands voyageurs, des naturalistes. De ceux qui ont rangé les êtres vivants pour les connaître. Pour cela il fallait d'abord les tuer. Juan ne comprend pas. Les musées d'Histoire naturelle sont pleins d'animaux empaillés, de plantes séchées, lui dis-je, c'est comme un dictionnaire. Il ne comprend pas « dictionnaire ». Mais Juan connaît les musées, il en a visité à La Serena. Il est très étonné :

– Je croyais que les musées c'était pour les touristes, pas pour les scientifiques, Chele.

Juan insiste, il veut comprendre. Il ne croit pas tout ce que je lui raconte. Il veut être sûr. Il me demande encore si je suis venu, comme les Américains là-haut, chercher de l'or, du pétrole, de l'uranium, du salpêtre ou quelque chose comme ça.

Je lui parle du projet.

Du tableau, cette toile en triptyque au milieu de l'atelier, votre recherche, mon voyage, nos difficultés. Je lui parle de l'horizon. Il écoute beaucoup l'horizon. Son regard change, il comprend enfin pourquoi je suis venu. Pourquoi l'herbe. Il me fait répéter l'horizon, l'ombre, le feu, le feu surtout. Il boit du maté sans arrêt par petites gorgées.

– Ta maison est trop petite, Chele. On ne peut pas faire dedans le jardin que tu dis.

– Ce n'est pas ma maison, Juan. C'est là où je vais quand je m'arrête. Moi, je suis le Voyageur. Je n'ai pas de maison.

– Alors tu es jeune, Chele, tu es jeune ! C'est comme moi, je n'ai pas de maison. Je suis jeune, regarde (il rit). C'est peut-être ça ton projet…

Érosion

Le Voyageur, de la vallée de l'Elqui, Nord-Chili.

Depuis deux semaines maintenant j'habite le campement de Juan de Dios dans le dernier tournant avant le lac vert ; c'est une zone frontière, un no man's land entre Chili et Argentine. Il s'étend sur plusieurs kilomètres. Inquiet de ma disparition, le poste de garde chilien – à qui j'avais dû laisser mon passeport – s'est mis à ma recherche.

J'ai répondu à leurs questions. Les douaniers se sont d'abord contentés des notes prises à côté des croquis – la plupart sont de vous – comme si je préparais un tableau (!). Ils m'ont pris pour un artiste. Puis ils ont fouillé mon sac. Le galet-mappemonde (rassurez-vous, je ne l'ai pas perdu) les a maigrement intéressés mais la carte du monde à l'envers, dont je possède un exemplaire réduit, eut sur eux un effet inattendu. Ils se sont presque battus pour la lire. Ils parlaient comme s'ils avaient bu, dans un patois rapide. Juan ne perdait rien de la conversation. Il s'étonnait seulement qu'un document qui l'avait laissé complètement froid (Juan ne sait pas lire) puisse entraîner chez d'autres tant d'animosité et de rires à la fois. Un peu comme si on dépliait là le plan chiffonné d'une île au trésor.

Pour moi, leur ai-je expliqué, moi qui voyage surtout dans l'hémisphère austral, cette carte est bien commode. Ils n'y avaient pas pensé. Je dois dire qu'avant de leur donner cette explication je n'y avais pas pensé non plus.

Conservez avec soin l'exemplaire que je vous ai envoyé. L'autre est désormais entre leurs mains – à moitié déchiré –, ils l'ont emporté comme un butin.

La fouille s'est terminée par la confiscation d'un gilet de vigogne tout neuf. Aucun objet de cette nature (l'animal est protégé) ne doit passer la frontière sans autorisation.

Mon sac n'est pourtant pas gros, un enfant le porterait. Mais il contient suffisamment d'effets. J'en suis étonné lorsque je les vois partout étalés comme pour préparer un départ. Une chambre d'hôtel ordinaire n'y suffit pas, il faudrait une suite. Et tout ce qui s'ensuit : du personnel…

Du personnel étonné j'en rencontre parfois : « Où sont vos bagages, monsieur ? » Il m'arrive, lorsqu'on me pose la question, de me retourner pour le cas où les bagages suivraient.

J'ai appris à me débarrasser du trop. Et cela jusqu'à l'essentiel.

De tout ce qui me touche, de tout ce que je touche, de tout ce qui accompagne ma vie, les bagages sont les charges que j'ai constamment, bien que lentement, abandonnées. Il me reste un sac. Au début j'avais tout : tout ce qu'on dit qu'il faut. Mais je crois que les faiseurs de sacs voyagent peu. Ne parlons pas des valises qui au lieu de favoriser le déplacement l'entravent.

Le premier bagage inutile je l'ai posté depuis San José de Costa Rica, en espérant le retrouver un jour en France. Vous avez dû le recevoir il y a des années. Je pense qu'il est toujours quelque part au fond d'une armoire à Saint-Sauveur. Ne cherchez pas. Il ne serait vraiment utile qu'à celui qui commencerait un voyage. Ce n'est pas votre cas. Depuis, j'ai perdu et j'ai donné. Ainsi, de lest en lest je me déplace aujourd'hui encombré seulement du strict nécessaire.

Le strict nécessaire est une notion personnelle, évidemment. Après le départ des douaniers le mien se trouve étalé sur une natte comme la check-list d'un explorateur. Et je me demande en le regardant ce que j'explore, moi, voyageur ordinaire. Les contrées, les humeurs du temps, les villes et leurs brumes, la profondeur des ruelles, celle des sous-bois, l'ombre, l'herbe, la température d'une baïne où l'eau pour un moment s'est retenue d'aller plus loin. De quoi se prémunir ? Mon voyage n'est pas un exploit, il n'exige aucune performance (sauf tentation). Je n'ai pas de mission lourde – hormis notre contrat –, pas de spécialité. Rien qui exige un matériel pesant et encombrant.

J'explore le paysage avec les sens et l'entendement. Vous comprenez que mon nécessaire soit très strict.

Si un jour (on ne sait jamais) l'idée vous venait de traverser la Creuse ou quelque contrée rare, voici ce qu'il faudrait emporter. J'énonce la liste comme elle se présente, étalée sous mes yeux ; elle tient du kit scout et du sac militaire. Un fatras d'écolier, mais si l'on y regarde bien chaque objet prolonge à sa manière le temps du voyage. Adolescent j'avais un coin d'armoire avec un sac toujours prêt baptisé « Le départ ». Voici, avec l'usure, ce qu'il en reste :

– Pour les jours d'infortune une tente-igloo de trois kilos, un tapis de sol et un sac de couchage.

– Une lampe frontale (il faut avoir les mains libres).

– Une bougie, des allumettes en cas de panne.

– Une boussole pour les régions où la mousse ne veut pas pousser sur la face nord des troncs d'arbres (il y en a beaucoup).

– Un cordeau, un nécessaire à coudre et un tube de colle forte.

– Un appareil photo 35/80 avec passage obligé par le 50 : il faut garder la vision de l'œil humain.

– Petite pharmacie, Nivaquine, Aspivenin, etc.

– Un piolet pliable pour examiner les roches.

– Une loupe de flore (pliable) pour déterminer les espèces.

– Une paire de jumelles légères (ornithologiques).

– Un carnet de croquis, un cahier ordinaire.

– Matériel pour écrire, dessiner.

Enfin, deux objets disparus :

– La gourde et l'altimètre.

Pour le reste, c'est un change normal de vêtements à quoi il faut ajouter un chandail très chaud (subtilisé par les douaniers), un coupe-vent imperméable, une paire de chaussures à crampons et une carte du monde. Cela vaut pour le climat d'Orléans, Cape Town et Santiago mais on peut l'étendre à beaucoup d'autres régions.

Juan observe avec moi cet étalage. Nous parlons de la gourde.

– Tu n'es pas tombé tout seul, Chele, la montagne est tombée avec toi.

Juan plisse les yeux comme chaque fois qu'il veut expliquer quelque chose d'important.

– La montagne glisse, elle « coule » ; la montagne n'est jamais pareille d'un jour à l'autre. Elle se défait... Autrefois cette vallée n'existait pas. C'était il y a très longtemps. Même l'Inca n'a pas connu le pays plat. Ici, pourtant, c'était le pays plat. Et le pays s'est creusé. Il est devenu montagne parce qu'il s'est creusé. Et tous les jours il se creuse et tous les jours les cailloux descendent. L'eau les roule pour en faire des grains de plus en plus petits. Cela finit par le sable d'Atacama. La fin de la montagne, c'est le désert, Chele, toujours.

Ainsi se referme l'univers de Juan. Des sommets andins à la côte Pacifique il écrit l'histoire de la Terre. C'est son transect à lui. Sa manière de pratiquer une coupe dans la genèse. J'hésite à lui parler des plissements, de la dérive des continents, qu'auriez-vous fait à ma place, Thomas ? Juan énonce le principe d'érosion qui façonne le paysage. Il me dit : c'est comme ton visage, comme le mien, le temps lui donne une histoire. Avant il était lisse et plat, maintenant il est creusé, plein de rivières.

– C'est la fonte des neiges, Chele (il rit en tapotant ses cheveux blancs).

Le discours de Juan évoque pour moi les bordures du Lesotho, mon étonnement ce jour-là en découvrant ce qu'on appelle le Drakensberg. Je lui raconte ce voyage. Je vais dans son sens. Je prends le risque d'être inexact avec l'histoire du relief, tant pis ; une part du paysage réside en ce défaut de connaissance : l'impression. N'avons-nous pas déjà évoqué cette ambiguïté de la lecture ?

Drakensberg signifie : la montagne du Dragon. Pour moi une montagne, jusqu'à présent, était une éminence en surrection, un relief qui tire le regard par le haut parce qu'il ne cesse de monter lui-même. Une roche abrupte, une aiguille, un pic ; tout cela fougueux, alpin et vaguement majestueux. Inquiétant. J'imaginais les montagnes ainsi : toujours prêtes à crever les nuages.

Je raconte ma désillusion. Il n'y avait pas de montagne. Y en avait-il jamais eu ? On me désignait le Drakensberg, je voyais un plateau. Lisse, absolument parallèle au plan de notre marche, un plateau calme, effrangé de face, rogné sur les bords. Une montagne, ça ?...

J'étais tellement surpris par cette vision, j'en ai fait des croquis. Ils ne sont sûrement pas aussi bons que ceux de Lyterce, mais si vous les observez (dernier tiroir gauche du meuble noir dans la véranda) vous comprendrez que ce qui forme relief est le creux, non l'éminence.

Pourquoi ne nous avait-on jamais dit cela, si simple : tout paysage, n'importe quel paysage, est le fruit d'une érosion ?

À commencer par les montagnes.

Si simple.

Juan a raison : un sommet n'a pas de répit. Aussitôt né, le voici attaqué par les vents, la pluie, les gels. La topographie d'un lieu est momentanée. Avec le temps, ce qui vient du haut comble ce qui est en bas. Tantôt les montagnes s'aplanissent, tantôt elles se creusent de rides et de vallons sillonnés par l'eau... Tout ce que nous voyons est le résultat d'un travail incessant.

Juan plisse les yeux. Il sait que je dois partir.

– Tu vas avoir beaucoup de travail, toi aussi, Chele.

– Pour quoi faire ?

– Pour réviser les mots de ta liste. Elle est longue.

– Je peux toujours l'écourter.

– Ça veut dire quoi, écourter ?

– Ça veut dire supprimer. Comme j'ai fait pour mes bagages. Tu as vu, il ne reste plus grand-chose dans mon sac. Une érosion, en somme.

Juan est d'accord.

– Alors tu vas renvoyer les mots inutiles dans ton pays ?

– En quelque sorte, oui.

– Pour faire un musée des mots ?

Je vous livre l'expérience de l'Elqui, elle me paraît servir notre ouvrage : après *horizon* et *herbe* voici une autre dimension du paysage : *érosion*. C'est-à-dire le temps. Je ne doute pas que vous ayez du mal à figurer cela : à votre place je n'essaierais pas. Ou alors il faudrait s'arranger pour mettre en scène les brisures de la montagne comme si l'on voulait composer un jardin dans une faille du temps.

Juan ne m'a pas laissé le choix, j'ai transporté trois chèvres malades à La Serena. C'était ça ou risquer l'épidémie. En haut de cette vallée aucun vétérinaire ne vient jamais, et parfois les herbes ne suffisent pas à conjurer le mal.

Vous m'avez vu partir avec une grande chemise noire. Je ne l'ai plus. Au sommet de l'Elqui, il faisait froid. J'ai donné la chemise épaisse, tissée d'un coton solide et chaud, avec tous ses boutons sauf un au col. Je l'aimais bien à cause d'une éraflure au dos et de cette couleur venue de l'usure, propre aux étoffes rétives, brassées aux lavages et devenues soyeuses. Lors d'une halte à Saint-Sauveur, Madeleine avait recousu les manches ; l'automne approchait, elle se lamentait sur le sort de ceux qui vivent en haillons et plus encore ceux qui les affectionnent. Je l'observais à la fenêtre, attentive à choisir des fils aux tons justes, ni trop clairs, ni trop sombres pour ne pas altérer les dégradés savants du tissu fatigué. Vous lui direz que Juan de Dios – un berger frileux et très âgé – a longuement apprécié le ravaudage ; il posait des questions sur tout, les maisons et les jardins d'Europe. La qualité du tissage et ses reprises au petit point l'impressionnaient plus que les histoires de paysage, de vendange et de bocage. La montagne est un pays d'artisans ; il jugeait une étoffe qu'il aurait pu fabriquer lui-même. Il soupesa la chemise roulée en boule avant de la déployer, s'en vêtir à la hâte et caresser les battants comme s'il découvrait sur lui les effets merveilleux d'un monde lointain et convoité. Il riait. Elle était trop grande pour lui. Sourire aveugle, ouvragé par le temps ; il montrait toute sa bouche sans dents. Il était heureux. Dans ses yeux peut-être y avait-il aussi des larmes, mais avec toute cette bruine ce jour-là... juste une impression, un changement de lumière, de ton. Cet au revoir très long, lourd encore dans ma mémoire, la certitude d'avoir échangé le plus important : être humain et le savoir ensemble.

Ce partage face à la nature avait du sens. Nous liguait-il pour ou contre tout ce qui autour de nous formait le paysage ?...

C'est vrai qu'il faisait un peu froid.

Thomas, je me demande si tout ce que j'écris pour vous – cette histoire, mon histoire – a une chance d'être reçu à Saint-Sauveur autrement qu'en simple courrier, comme information. Parfois j'en doute, j'ai le sentiment douloureux de vivre au privilège de l'expérience mais aussi de séjourner en réclusion dans son emprise.

Que peut-on faire de la moitié d'un partage ?

Vous vous étonnez de mon errance, comme si elle m'appartenait seul. Pourquoi cette distance, n'y a-t-il rien en vous de vagabond ? Êtes-vous sûr de tenir au terroir comme un arbre au terrain, avec d'irréductibles racines ? Où donc situez-vous l'essentiel ? Le cœur d'une vie est-il borné au joli jardin de votre village ?... D'une façon générale le voyage est en moi, c'est vrai, mais celui-ci, spécialement, nous appartient ensemble, il trouve son origine auprès de vous, un soir, devant la cheminée, il n'y a pas de cela si longtemps...

Voilà à quoi je songe lorsque je suis seul. La solitude est ordinairement dépourvue de sentiment. Elle se cale dans l'espace calendaire avec beaucoup de résistance : personne ne veut d'elle mais elle s'impose avec bien du talent. Elle n'est ni petite, ni grande, ni simple, ni complexe ; la solitude vit en ombre en chacun de nous, c'est notre double exact et simplifié, le seul que nous puissions regarder de front en ayant la sensation vive, presque lumineuse, que cet aspect de l'être, celui-là seulement, est ce que nous partageons avec nos semblables, uniformément...

Acceptez un instant ce partage, il vient d'une montagne brillante, déserte et calme, loin, très loin de France ; d'aussi loin, comme je peux, je vous fais parvenir un silence.

Thomas, de Saint-Sauveur.

Le printemps est avancé.

Dîner en ville : une de ces soirées qui tient à la fois du cocktail d'ambassade et du lunch-barbecue, telle qu'on peut en trouver en province dès la fin de l'hiver. J'aurais pu refuser, mais Lyterce, après réconciliation (il a de nouveau accès à l'atelier), a beaucoup insisté.

– C'est un dîner d'architectes. Il ne faut pas rater une occasion pareille si près de Saint-Sauveur.

Lyterce cherche un stage ou quelque chose comme ça. Il veut aller vite. Il a besoin de moi pour vanter ses qualités auprès des « grands ». Mais c'est lui qui engage les conversations, répond aux questions avec empressement :

– Que faites-vous en ce moment ?

– Un travail de représentation...

– Sur quel projet ? En France ?

– Sur l'horizon. Les insectes et l'horizon.

– Ah !...

Cette combinaison a de quoi intriguer. Je ne l'aurais pas osée. Lyterce endosse notre contrat avec aplomb.

– Vous êtes très occupé ? lui demande Grondin, un homme immense, austère et blanc.

– Débordé ! Mais je peux me libérer pour des « charrettes ». Si on me prévient un peu à l'avance...

J'admire avec quelle aisance le jeune Lyterce se rend déjà insaisissable – donc indispensable –, avec quelle apparente ingénuité il veut bien offrir ses services si l'on se dispose à l'attendre.

Je réalise alors combien sa présence compte. En tous points : dans les débats du monde comme au quotidien. Il ne doit pas partir. Sa perte m'endeuillerait. Pardonnez-moi, je prends le risque de vous déplaire, c'est le gage de notre amitié, vous m'accorderez bien cette liberté. L'exposition de ses travaux sur le Marais poitevin a eu quelque retentissement. Comme on dit, c'est un « rendeur » (vilain mot n'est-ce pas ? aussi curieux du moins que ces « charrettes » évoquées à tout instant pour désigner le travail forcé – et souvent nocturne – des dossiers en retard). Mais plus que « rendre » le paysage il lui apporte une dimension spéciale. Les lieux qu'il peint sont dépoussiérés, comme flottants. À la fois concrets et irréels, presque métaphysiques. Où la lumière atteint l'ombre en profondeur. Ses dessins portent le regard sur le site en même temps qu'ils le portent ailleurs. Il me semble que c'est là un axe de notre recherche. Si vous n'étiez lié à moi, c'est

à lui qu'il faudrait confier la plume et le pinceau. Il me
semble qu'il donnerait quelques réponses...

Peut-être que je me trompe. Peut-être suis-je trop
attaché à « l'interprétation » comme art. Courons-nous
le risque de stagner ainsi à la surface des choses ?...

Un dîner d'architectes a de quoi surprendre. Tous
étaient réunis pour la même cause, un concours important sur le cœur de la cité des Sables (à ce moment-là
on annonce le coût prévisionnel de l'opération mais j'ai
tout de suite oublié combien ; beaucoup d'argent si
j'en crois le nombre de personnalités venues de la capitale). C'était donc la clôture d'une invitation officielle
lancée par la municipalité – sorte de réunion informa-
toire destinée à toutes les équipes concurrentes – à
laquelle on ajoutait quelques locaux pour « adoucir ».
Des gens comme moi, des enseignants, un ou deux
politiques, quelques notables sans influence, en tout
cinquante personnes. Beaucoup de bruit.

Jamais il ne fut question du cœur de la cité des Sables.
Les uns et les autres évitaient d'aborder le sujet pour
lequel ils étaient venus. On évoquait, par petits groupes,
un concours ailleurs, si possible exotique, à Singapour
ou Berlin. Beaucoup Berlin, très à la mode. Montréal un
peu aussi, Tokyo en baisse semble-t-il, Barcelone en
pointe. Il faut suivre. On aurait dit la Bourse.

À force d'affûts, de colloques et de lectures spéciali-
sées, Lyterce connaît tout le monde (au moins de nom).
Il me souffle qui est qui. Nous parlons musées avec
Eichenbach, je me garde d'évoquer Juan de Dios à
l'Elqui mais je pense à vous, cela me donne du courage.

Gaëtane Stozzi, designer en vogue, s'empoigne élégamment avec Vita Sthem à propos du Bauhaus. La première s'adresse à tout le monde en italien (Lyterce est ravi), la seconde fait sonner les mots avec une voix d'homme qui fume trop. Les conversations sautent comme des ricochets. Tout le monde virevolte. On affirme que Siriakov est au bord de la faillite, Bast en fuite, l'indissociable couple à l'américaine, Horde et Vitre, n'en a plus pour longtemps, quant au très discret Patrick Lebouédoux on chuchote qu'il aurait quelque part établi dans Belleville un quartier de résistance. Comme à la guerre. À la fin on assassine le prétentieux Jobah Khaas en jugeant qu'il écrit bien et programme mal. (Personne n'explique, tout le monde a l'air de savoir.)

Nous achevons la soirée avec Antoine Deblois qui ne dit rien sur personne et paraît s'intéresser à nous. Pour se distraire je crois, mais aussi par courtoisie, et, vers la fin, par complicité. Il nous sauve d'un grand naufrage où je voyais Lyterce s'enfoncer avec délectation.

– En somme vous dessinez des arbres. Cela nous arrive bien rarement de le faire. Juste pour accommoder un bâtiment. Ce n'est jamais un jardin…

– Des arbres et ce qu'il y a autour : le paysage. La lumière, l'horizon, le vent… le temps qu'il faut pour pousser dans la glaise ou dans le sable…

– Vous dessinez le temps ?

Lyterce intervient. C'est lui qui portera les arguments de Juan et les vôtres jusqu'à la nuit tombée, là où je n'aurais pas eu le front de les acheminer :

– L'érosion dessine le paysage.

L'architecte ne se laisse pas faire.

– Elle dessine aussi les villes. Il y en a même qui ont complètement disparu. C'est la grande fortune de l'archéologie..

S'ensuit un débat sur Winckelmann et la muséification de toute chose : le fait qu'une trace culturelle soit rangée dans une tranche du temps lui ôte le pouvoir d'un usage plus long... L'impossible réutilisation d'un objet par son asservissement au « temps d'une culture » est un phénomène culturel en soi.

Un phénomène récent. Lyterce est vindicatif, il déborde : le musée des Arts et Traditions populaires est insidieux parce qu'il tue en même temps l'art et la tradition. Il n'y a pas lieu de montrer le quotidien par l'interdit du temps.

À propos du paysage, il insiste :

– Érosion n'est pas ruine. Les villes s'établissent sur les ruines de villes plus anciennes mais le visage qu'on leur connaît n'est pas le résultat d'une action physique du temps sur elles. Il est le résultat des cultures superposées ou juxtaposées, parfois figées, parfois ruinées. Mais non érodées. Dans « érosion » il y a déplacement d'énergie, construction de quelque chose d'autre. La nature s'érode, la culture fait ruine.

(Auriez-vous dit cela ? Je suis impressionné.)

L'architecte s'insurge :

– Vous comparez nature et culture comme si l'une excluait l'autre. Le paysage n'est-il pas constitué des deux ?

– La ville est tout entière orientée contre l'érosion. Elle lutte pour s'extraire de la nature. Il faut beaucoup d'énergie pour édifier une maison. De l'énergie coûteuse, nulle part existante dans le champ même de l'érosion. Il faut de l'*énergie contraire*, artificielle et massive. L'architecture est fragile, elle a contre elle les forces entropiques de l'univers... Je vois la ville comme le seul élément du paysage qui n'aille pas dans le sens du paysage. Il se pose sur lui.

– Imagineriez-vous une ville érodable ?

Antoine Deblois sourit. L'idée lui paraît cocasse, je crois. Mais Lyterce y tient. Il est pris dans le piège de son raisonnement.

– Il existe en Afrique des termitières pointues orientées comme le gnomon d'un cadran solaire (où a-t-il vu ça ?). Lorsque la colonie se déplace ou meurt, il reste un tas de terre.

– Exactement comme les villes, souligne l'architecte.

– Plus maintenant. Les villes ne meurent plus. Elles enflent, elles se superposent à elles-mêmes comme des cristaux malades. Elles cherchent la lumière qu'elles absorbent.

J'étais sur le point d'abandonner le partage de cette discussion lorsque Deblois, sans animosité mais avec une pointe d'ironie, met Lyterce au-devant de lui-même :

– En tant que futur architecte vous avez peut-être des propositions ? Imagineriez-vous une ville molle ? Pliable, capable de se transformer sous l'effet de la pluie et du vent ? Du gel ? Flasque comme une méduse, pleine d'eau ?...

– Pourquoi pas... (Lyterce hésite.) Je ne sais pas quelle forme aurait une ville érodable... La forme actuelle des villes traduit notre archaïsme, notre inaptitude à enregistrer le mouvement pour le faire nôtre. Au flux de l'eau nous continuons à opposer des digues... que l'eau un jour porte à la ruine. On peut se demander s'il ne faut pas plutôt infléchir son cours, travailler avec elle... Imaginez que l'on construise un ouvrage qui aille dans le sens de l'érosion. Alors il ne pourrait jamais y avoir ruine. Il y aurait transformation...

Pirouette.

Nous rentrons.

Je pense que vous auriez pu énoncer les mêmes propos. Avec autant de candeur et d'aveuglement sur la nature de l'homme. Poser votre idéal comme un futur possible. C'est une méthode connue : anticiper un scénario pour favoriser sa venue. On peut toujours se persuader d'un rêve, ça ne coûte rien ; c'est une base de construction comme une autre. Après tout, il y a des civilisations entières qui se fondent ainsi. Celle de la ville érodable serait organique, solaire, aquatique, éolienne, que sais-je, elle aurait ses temples, ses usines... il suffirait de grimper en haut des montagnes, plonger dans la mer... Non, je trouve que Lyterce exagère et je le lui dis.

– Lorsque tu m'as demandé si je commençais la toile de face ou de profil j'aurais dû me méfier.

– Trop tard, Thomas, nous sommes engagés. Vous avez peur des mondanités ?

– Elles m'ennuient. Nous perdons du temps. Que tires-tu de l'heure passée avec Stozzi ?

– J'ai parlé dans ma langue. Ça me fait plaisir. Vous devriez sortir en ville plus souvent, Thomas. (Il crie, la 2 CV prêtée par Madame Katz fait un bruit de tracteur.) La ville peut s'envisager comme une promenade !…

– Qu'est-ce qu'une dessinatrice en meubles apporte à notre recherche ? (Je trouve notre conversation ridicule sur ce ton mais je ne veux pas lâcher prise.) Elle propose un stage ?

Les phares éclairent bas. On distingue à peine les bas-côtés et la capote menace de s'envoler. Lyterce est engoncé dans un pardessus d'hiver, il prétend avoir froid en 2 CV, moi je trouve qu'elle chauffe. Un brouillard léger commence à voiler la route. Nous entrons dans un champ.

– Thomas, cette voiture n'est pas tout-terrain. Nous allons avoir des ennuis avec Madame Katz. Vous devriez acheter un tank.

– Tu n'entends pas, Lyterce ?

– Quoi ?

– Plus de bruit. Plus de moteur. Plus rien.

– Et alors ?

– Alors on peut parler. C'est un bon endroit pour parler, un champ à peine semé…

Nous sommes entre deux haies, la nuit est claire mais sans lune. Il fait frais. Nous allumons un petit feu de brindilles en attendant l'aube, un tracteur, quelqu'un qui passe ; la voiture est cassée.

– Pas de lune, dis-je.

– Pas de voiture à l'horizon, dit Lyterce.

– Pas d'horizon, c'est la nuit.

– Pas pour nous, Thomas. (Et il enchaîne avec sa voix qui chante.) Gaëtane Stozzi habite Lucca, c'est un des monastères fondés en Italie par Hildegarde de Bingen. L'autre était au bord du Rhin. Pendant deux ans Stozzi a travaillé avec Marie Sheldom de Fé, à Genève, sur les enluminures. Elles cherchaient les couleurs vraies. Le monastère de Lucca existe toujours. Les incendies et pertes subis depuis le XIIe siècle ont fait disparaître les peintures et leurs textes. Grâce au travail de Stozzi et Sheldom de Fé, Lucca a retrouvé un jeu complet des visions d'Hildegarde, exécuté à partir de l'unique exemplaire de Bingen. C'est une œuvre de sauvetage. Je vous ai fait parvenir une copie de l'un de ces dessins, voici quelques mois. Il est affiché sur un lambris de l'atelier, à demi caché par une carte du monde à l'envers et d'autres documents. Vous l'avez oublié ?

– Je n'ai rien oublié. J'ai seulement vérifié qu'il ne pouvait pas s'agir de la onzième vision. D'après ce que je sais on n'en compte pas plus de dix. L'Homme cosmique est considéré comme la deuxième vision d'Hildegarde.

Malgré la nuit je vois Lyterce sourire comme s'il venait de gagner au jeu sur un coup préparé.

– Je voulais savoir si vous étiez intéressé…

Lyterce est retors. Il me donne du mal. Sa participation sauvage au tableau ressemble à une piraterie. D'une certaine façon cela lui va bien, dans cette nuit, les mèches noires en bataille sur le front, les yeux brillants et le manteau jeté à l'indienne, en cape.

— Tu y tiens beaucoup à cette image, n'est-ce pas ?

— C'est une certaine vision du monde. De l'homme dans le monde : « La triple figure embrasse l'univers entier : un cercle de feu clair, un autre de feu noir, un cercle d'air humide, un autre d'air blanc. Une figure humaine dressée au centre, bras tendus, reçoit le souffle qu'envoient, de quatre côtés, des têtes d'animaux — léopard, lion, loup, ours, crabe, cerf, serpent, agneau — tandis que les planètes rayonnent en direction des têtes d'animaux et de la figure de l'homme. » Je la connais par cœur.

— Traduction ?

Lyterce me regarde comme si j'étais atteint d'une maladie incurable.

— Ce n'est pas moi qui fais le tableau, Thomas, c'est vous.

— Je n'en suis plus très sûr... Le tableau n'est même pas commencé qu'il a déjà une foule d'auteurs. C'est un projet de compagnons, une cathédrale. (Je ris tellement je suis fatigué...) Peut-être faudrait-il s'arrêter là, aux essais qui tapissent l'atelier. Laisser en paix le triptyque immaculé, réparer de temps en temps ses articulations, les trous faits par les rats, ôter la poussière, entretenir la blancheur de la toile... Il y a du monde sur le projet, ne trouves-tu pas ?

— Pour l'instant, vous venez de le dire, il n'y a personne.

À ce moment-là j'ai eu envie de prendre la route,

abandonner Lyterce et la voiture. Au lieu de ce campement absurde dans un bocage mité et battu par les vents, j'aurais préféré un pan de yourte enterrée dans l'Elqui. Juste parler avec quelqu'un d'aimable, seulement ça. Vous me manquez, votre voyage est trop long, trop longue à venir cette image. J'ai sorti les boîtes du Chili, ouvert le carnet, dessiné sur mille feuilles des herbes et des arbres, des ombres, des montagnes, ébauché une brisure de roche, dispersé des plages, des oiseaux... Personne, il n'y a personne sur la toile, et alors ?... La chambre imaginale est un vrai tableau d'affichage. Vous verriez les murs, ils sont couverts... Couverts autour. Au milieu, rien, c'est vrai. Chaque fois que je juge une esquisse bien avancée dans la recherche, elle ne me paraît pas encore assez forte pour servir de modèle. Pas une qui soit conforme à la révision de votre regard sur l'univers. Trop ressemblante encore. Ancienne. Le paysage n'a pas de figure, nous sommes sur la mauvaise voie. Il nous faut un dessin capable d'élargir le champ de toutes les visions, trouver le sujet « juste » à représenter, le seul, le point commun de tous les facteurs insaisissables dont nous parlons ; il faut reprendre les cahiers entomologiques, « le savoir obscurcit les connaissances », ce n'est pas dans l'énumération des êtres et des phénomènes que nous distinguons l'unicité de la nature, c'est dans leur relation, ce qui les associe, les rend à la fois intimes, uniques mais indissociables. Vous êtes tombé dedans, disiez-vous, l'univers est ostensible et baroque, « enveloppant », avant tout il est vivant, son identité n'est pas une figure, une forme, c'est un comportement. Ce que nous avons à dire est de l'ordre du symbole. Ce n'est pas une fresque qu'il nous faut, c'est une icône. Une icône abstraite, cela existe-t-il ?

– Lyterce, la dame de Bingen l'avait compris. Elle avait fait le tableau que nous cherchons. Un des possibles. Une icône. Un dessin merveilleux, plein de couleurs brillantes ; c'est une vision qu'il nous faut. Mais tout a changé depuis le temps d'Hildegarde. L'homme n'est plus au centre du monde, il n'est plus le dieu trinitaire embrassant l'univers et le soumettant. Il est, comme dit le Voyageur, quelque part dedans, tombé dedans, il est tout petit, il fait partie de lui comme la feuille et le bambou, le grain de sable, le grain de lumière. Il est fragile, sa force est d'aller avec les autres grains, sa faiblesse d'aller contre. C'est bien ce que tu disais à propos des villes, n'est-ce pas ? L'avenir dépend de cette force. Il n'a plus besoin de soumettre l'univers à lui-même, il lui suffit de le comprendre. Il l'accepte. Il accepte d'être le jardinier de ce jardin-là… Sommes-nous parvenus au point de pouvoir dessiner l'icône ?…

Lyterce est roulé sur lui-même. Il dort.

Le feu de brindilles encore vif éclaire le minuscule paysage entre la calandre emboutie, la broussaille d'un prunellier, une haie. J'observe son visage un instant, il brûle d'on ne sait quel silence. Le sommeil a défait ses résistances.

Il est jeune à faire peur.

Ville

Thomas, de Saint-Sauveur.

Notre entrée à Saint-Sauveur sous la pluie en convoi dans la remorque d'une tractopelle passe à peu près inaperçue. Un drame bien plus important agite le village. Madeleine est sur le pas de la porte. En me voyant elle sanglote, sort un mouchoir de son tablier et montre le toit de la maison.

– C'est terrible, monsieur Thomas, c'est terrible !... C'est le toit, c'est le toit, c'est toute la maison !...

Elle s'étrangle à moitié.

– Il y a un trou, monsieur, c'est le bois, tout le bois, il pleut dans votre chambre, les poutres, les portes, tout ! C'est toute la maison ! (Elle finit par un cri étouffé :) C'est tout le village !... (et achève de nous accueillir en s'effondrant sur le fauteuil qui gémit).

Elle se redresse aussitôt, regarde le siège comme s'il portait le diable et le montre du doigt.

– Les termites ! J'en étais sûre, monsieur, ils sont là aussi !...

Un vent de folie s'est emparé des lieux. Reviza a disparu, Madame Katz parlemente avec Lyterce en alternant des cris de souris et des rires aigus, le mari de Madeleine monte et descend les escaliers comme un automate et la radio annonce une tornade. Le spectacle est consternant. J'explique à Madeleine que les termites ne vivent pas sous nos climats, par ailleurs la maison est vétuste, il est normal que le toit présente quelque faiblesse. On va réparer ça.

Madeleine se jette alors dans un sanglot sans fond entrecoupé de faibles râles. L'assemblage des sons donne à penser que l'affaire est sérieuse.

Elle prend sa respiration, me regarde d'un air défait et suppliant.

– Pas avec les termites, monsieur Thomas !

On aurait dit le souffle du confessionnal.

L'inquiétude me gagne ; je ne vois pas comment la rendre à la raison. Lyterce et Katz se sont tus.

– Madeleine, il ne faut pas dramatiser, la maison est encore debout.

– Pas pour longtemps, monsieur.

– D'où tenez-vous cette histoire de termites ? Il n'y en a jamais eu à Saint-Sauveur.

– Il n'y en avait pas avant. Maintenant il y en a.

Madeleine est affirmative.

– Et depuis quand ?

Madeleine baisse les yeux, se tord les mains dans le mouchoir à carreaux puis, sur un ton pâle, elle ose :

– Votre oncle, monsieur... Il faisait un élevage.

Et son regard s'agrandit, terrifié.

Branle-bas de combat. Visite de la cave ; on retrouve l'aquarium désaffecté où Piépol élevait les insectes. Nous inspectons la maison de haut en bas. Ma chambre sous les combles est très atteinte, une solive s'est effondrée dans la nuit, le toit fait ventre creux, une tuile brisée gît encore sur le tapis. La bâche du tracteur installée par le mari de Madeleine prévient le gros des fuites.

– Il ne voulait pas monter sur le toit. Il avait peur que tout s'effondre. (On comprend, Madeleine est rassurée, nous l'écoutons enfin.) C'est le chat qui a prévenu. Il a crié des heures. Un chat qui miaule sous la pluie, vous comprenez... (Nous comprenons.) Mais c'est partout, monsieur, et même l'escabeau : je crois que l'autre jour ce n'étaient pas les taupes, vous savez, il a les pieds cassés... C'est terrible, c'est tout l'héritage, vous comprenez ?...

Je suis bien obligé de comprendre.

Nous nous rendons à l'atelier. L'auscultation des lambris est satisfaisante, ils sonnent plein, le plancher a l'air ferme, ce n'est pas le cas des huisseries et de la poutre maîtresse. Question d'essence, peut-être.

– Monsieur Piépol avait fait rentrer du bois gras de Birmanie, nous explique tout à coup Madeleine en prenant un air important. Il disait toujours : C'est plus commode, on n'a pas besoin de traiter.

Lyterce tourne et retourne entre ses mains un fragment de lambourde creuse, minée comme un tuf.

– Il y a ceux qui construisent une architecture et ceux qui habitent celle des autres, dit-il rêveur.

Je lui pose la question :

– À ton avis, Lyterce, dans quel sens doit-on aborder l'érosion, de face ou de profil ?

(On se venge comme on peut.)

Les semaines qui suivent sont tout entières consacrées à l'évaluation du désastre. Le village est en émoi, on en parle à la messe. Madame Katz prétend que son garage est menacé ainsi qu'un poulailler et, peut-être, la maison. On voit défiler des experts, des entrepreneurs, des vendeurs de produits toxiques (il y en a beaucoup), deux ou trois architectes amis de Lyterce (désemparés), une foule d'assureurs (Madeleine les éconduit), un banquier persuadé qu'un plan épargne-logement est la seule solution et enfin un scientifique austère, venu là pour déterminer l'espèce.

– Elle n'est pas nouvelle en France. On la connaît dans le Sud. J'espérais que ce fût une introduction récente mais non.

L'étendue de nos dégâts ne l'intéresse pas du tout.

– C'est une variété pâle. Comme vous savez, ces animaux détestent la lumière mais réclament de la chaleur. Il est intéressant de noter que le climat de Saint-Sauveur leur convient. Pour l'instant, si je ne me trompe, il s'agirait de la limite septentrionale d'extension de cette espèce essentiellement xylophage.

– Intéressant, dis-je, et comment en vient-on à bout ?

– Il y a longtemps qu'on ne construit plus en bois, monsieur... (Puis, reprenant le fil de ses pensées :) Peut-être assistons-nous à un phénomène de spéciation par isolement géographique. Je trouve cet écotype très clair. Je ne serais pas étonné si d'ici un siècle ou deux les termites du Nord – donc les plus récemment établis – ne pouvaient plus se reproduire avec leurs congénères du Sud installés depuis plus longtemps... Nous verrons bien.

Dans certains cas la science a vraiment tout le temps devant elle. Je me permets d'insister :

– Et si, malgré tout, on habite une maison en bois ?

– Alors, monsieur, une seule solution.

– Oui ?

– On introduit le prédateur naturel des termites. Cela va de soi.

– Certainement... Et qui est le prédateur en question ?

Il me regarde, surpris.

– La fourmi, bien sûr. Mais pas n'importe laquelle, une espèce subtropicale carnivore, qui habite volontiers les termitières vaincues. N'étant pas amateur de lignine, cette espèce respecte le bois, elle ne fait qu'en occuper les méats. Il y a une difficulté d'élevage, il leur faut des essences myrmicophiles de pays chauds. Avez-vous une petite serre dans votre jardin ? Je pense qu'une colonie de cinq à six mille individus suffirait...

Nous sommes interrompus par un effondrement mou. Madeleine s'évanouit. Je me tourne vers notre aimable entomologiste.

– Vous n'avez pas l'intention d'introduire un fourmilier par hasard ?

Mais cet homme est dépourvu d'humour au point d'entamer aussitôt un discours sur la complexité des chaînes alimentaires au sein des écosystèmes en équilibre, où les insectes jouent, évidemment, un rôle important. Pendant ce temps je réveille Madeleine, très affectée par le tour que prennent les événements.

Je ne doute pas que ces problèmes domestiques vous soient étrangers. En voyage, les fourmis, les termites sont à leur place : dans les fourmilières et dans les termitières. On les voit à distance. Ici, pour ainsi dire, nous sommes dedans. Je tiens à vous mettre au courant : il se peut que notre travail en soit affecté. Écourter votre voyage ? Peut-être pas. Tout est lié, n'est-ce pas ? C'est vous qui me le rappeliez : « Un battement d'ailes de papillon à Saint-Sauveur n'est pas étranger à un typhon dans le Pacifique »...

Grâce à la chambre noire, nous avons développé bon nombre d'épreuves. Certaines montrent des élevages d'insectes dont il ne reste plus trace (si je fais exception de nos habitants). Il s'agit surtout de lépidoptères dans des cages confectionnées en tulle, gaze et fil de fer, suspendues dans les arbres du jardin ou dans la véranda (pour les espèces frileuses). Aucun document sur les termites. Je dois m'en tenir au témoignage de Madeleine. Ces animaux, par ailleurs, semblent avoir progressé de la cave au grenier mais leurs galeries souterraines ont certainement dépassé l'emprise du terrain.

Depuis quelque temps, j'étudie les insectes sociaux, Fabre, Maeterlinck, von Frisch, bientôt j'en saurai plus que vous. Lyterce a disparu. Il fait un stage à Lucca chez Gaëtane Stozzi. Il me dit avoir un projet pour Saint-Sauveur. En attendant, ajoute-t-il dans un message ambigu, vous serez peut-être obligé d'aller vivre en ville quelque temps. Ce serait une occasion de vous dépayser.

La chambre imaginale n'est plus un atelier. C'est un laboratoire.

J'y ai descendu mon lit.

Je n'ai pas attendu les suggestions de Lyterce pour faire un tour en ville. Je m'y suis rendu avant la Saint-Sauveur, date anniversaire du village. La tradition prévoit des festivités comme celles que l'on peut rencontrer partout en France pour ce genre d'occasion : bal, forains, feu d'artifice, etc. mais il faut ajouter une cérémonie locale à laquelle tout le monde ici est attaché : les « dons à saint Sauveur ». À l'origine il s'agissait de menus présents offerts au saint en remerciement de son intervention heureuse sur les dernières gelées de mai et les récoltes à venir. Mais le calendrier républicain a orienté la coutume autrement ; le saint se contente d'une messe tandis que les villageois reçoivent un présent. Celui-ci est distribué par le hasard d'une roue disposée à plat sur le parvis de l'église. Cela ressemble un peu à un tourniquet d'enfants où seraient jetés pêle-mêle des fleurs et des paquets. Sur chacun d'eux figure le nom du destinataire. Lorsque tout est prêt on lance le tourniquet et les villageois se pressent pour tenter d'attraper un objet et l'offrir à qui de droit. Ainsi chacun est-il en risque de faire un don à son meilleur ennemi ou à son pire ami. C'est prétexte à confusions, rires et plaisanteries. C'est également l'occasion de mises au point entre certaines personnes qui s'adressent la parole une seule fois l'an, le jour de la Saint-Sauveur.

La cérémonie s'achève généralement par le don de Monsieur le Maire : une cane blanche destinée au bassin du jardin public (l'ancien lavoir). Elle a pour mission de pondre autant d'œufs à l'année qu'il y a d'habitants au village. Ce qui, évidemment, n'est jamais le cas.

Vous le savez, je fais mes courses à l'avance. Le voyage a eu lieu deux bonnes semaines avant les fêtes.

Dans cette ville, à côté de la vieille mercerie – où l'on vend encore des boutons à l'unité –, les Grandes Galeries occupent à elles seules un pâté de maisons, presque un quartier. On y trouve de tout, sauf des boutons à l'unité, vous vous en doutez. Je prévoyais quatre ou cinq achats dont un pour votre amie de l'Opéra en remerciement de son invitation et un autre pour Madeleine en raison des nombreux services qu'elle me rend à longueur d'année.

Or je pensais à vous. Non pour un cadeau (pas entre nous), non, mais j'y pensais avec insistance, comme si vous étiez présent. Exactement là, à mes côtés dans cette ville encombrée, sur les trottoirs, dans les cafés, aux vitrines des magasins, dans les supermarchés, mais surtout dans la rue. Oui, dans la rue tout simplement, en déambulation. C'était vraiment une pensée tenace, un accompagnement, presque une discussion. Je vous demandais ce que vous faisiez ici dans ce gros bourg de province avec l'air d'y être à l'aise, et, plus que cela, disponible. Je vous savais en voyage comme toujours : il y avait de quoi s'étonner. Et puis, dans mon esprit, il n'y avait guère de place, j'étais très occupé ce jour-là ; j'avais même le sentiment de me hâter au-delà du raisonnable, comme pour vous échapper. En vain. Et je vous trouvais l'air si content, presque bienheureux, que je finis par vous demander – pardonnez-moi, sur un ton légèrement agacé – pourquoi êtes-vous donc satisfait à ce point d'exister ?

Je vais à la ville par nécessité et tâche d'y ajouter un peu de flânerie. Très vite je m'y épuise. Il y a trop de distraction sur les choses ; par abondance, seule apparaît la surface, le cœur en reste fermé, inatteignable, comme protégé par la multitude et le brouhaha.

Il m'arrive en ville de choisir un quartier et de m'y tenir pour être ainsi dans un village et choisir mon temps. D'ailleurs je vois l'histoire des villes, leur genèse, de cette façon, vous en ai-je parlé ? Un village qui, à force de grandir, vient à en toucher un autre puis un autre encore jusqu'à ce qu'on appelle cela une ville et qu'on y construise un hôtel assez grand pour abriter la tête unique qui va la diriger. Un jour, lorsque la tête unique, fatiguée par l'ampleur, abandonne sa tâche, réclame du secours, la ville se rend – un peu comme on dépose les armes –, se morcelle à nouveau, défaisant ce qu'elle avait assemblé. Districts, arrondissements, quartiers... villages finalement. C'est ici que je vais, de préférence.

Vous, non. Pas ce jour-là du moins. Je vous voyais partout prenant du plaisir, en banlieue comme au cœur de la cité. Moi qui vous sais attaché aux moments de nature, à la verdure, aux déserts, je vous découvrais sous un jour nouveau. Comment peut-on être à la fois champêtre, vagabond, et résolument urbain ?

Le jour où vous étiez partout, il pleuvait. La pluie en ville n'est pas un détail. Elle éclabousse, elle revient, saute de la chaussée au trottoir, chute d'un auvent par surprise, noie les semelles de mes chaussures – des chaussures de ville, justement – et souille le pardessus gris acheté l'an dernier, censé me protéger de l'eau mais qui en réalité la boit.

À tout hasard je vous ai maudit. Non par conviction mais pour me soulager. À la terrasse d'un café, en vitrine, il y avait une femme assise devant un chocolat : le sosie de Vita Sthem en plus jeune et moins cuirassé. Je connais presque tous les gens de cette ville ; je ne l'avais jamais vue et pourtant son air m'était familier. Elle se prêta à la conversation. C'est à ce moment que j'ai cessé de vous voir partout. Je lui dis à quel point elle me rendait service. Elle me trouva distrayant, je la trouvai attentive. Elle ne connaissait pas Saint-Sauveur.

Depuis ce jour, Emma me rend visite chaque jeudi à l'heure du chocolat. Elle déteste le thé, moi aussi, nous parlons de tout, et aussi de vous. Pour l'occasion Reviza disparaît, ce qui tombe assez bien : elle n'aime pas la compagnie des chats. Madeleine, quant à elle – toujours aux aguets de l'autre côté de la rue ou derrière une porte –, fait comme si de rien n'était mais n'en pense pas moins. Elle s'embrume chaque lendemain d'une éloquente discrétion.

La pluie, voyez-vous, est au jardin chez elle. Et on le sait. Il n'y a pas ici d'éclaboussures, pas vraiment. De la ville on rapporte tout, du bon et du mauvais, je dois changer mes chaussures et mes habitudes, faire quelques politesses, avoir des sentiments ; voyez comme je suis dérangé ! Je n'avais pas assez de mon travail, il me faut encore des obligations. Et pour autant vous n'êtes pas effacé. Au contraire : je dois rendre compte des états du tableau comme d'autant d'étapes du voyage que vous faites. Auparavant je pouvais me contenter d'exécuter selon mon humeur, aujourd'hui je dois ajouter des commentaires, expliquer, justifier les détails, reconnaître les incohérences, les fausses lumières et même la brutalité de certaines ombres. De cela aussi nous discutons, Emma et moi. Chaque explication est plus qu'un partage (on donne aussi ce que l'on voudrait garder, comment faire autrement ?). Pas réellement des secrets mais une vague intimité à retenir sur soi comme un vêtement chaud, un confort. Tout cela est fini. Je ne peux pas dire en être mécontent, c'est sans doute ce qui m'étonne le plus…

La pluie est au jardin chez elle mais depuis quelque temps elle est aussi dans la maison, je vous l'ai dit. La tornade prévue a frôlé le village. L'étage est effondré, nous campons au rez-de-chaussée. J'ai investi le verger : entre les pommiers il y a la place d'installer la tente marabout de l'armée achetée dans un surplus pour affronter la crise. Avec cinq de mes étudiants nous avons consacré tout un exercice à l'art de transformer une « toile de camouflage » en petite maison. J'y vois l'avantage de mieux imperméabiliser le tissu militaire aujourd'hui défaillant. L'effet est curieux. Emma prétend que ce serait bien pour des enfants.

En attendant nous y avons rangé la chambre noire et tout un matériel entomologique sauvé des combles dont trois cages à insectes en très bon état. J'ai suspendu la meilleure dans le grand poirier après avoir démasqué cinq grosses chenilles de *Saturnia*. Elles ont l'air de s'y plaire. Le neveu de Madeleine pense que l'on devrait informatiser le biorythme des larves, cela ferait gagner du temps de surveillance…

Une longue sécheresse succède aux déluges de printemps. L'herbe jaunit. Les maigres pluies ne suffisent plus en cette saison. Le montmorency perd déjà quelques feuilles ; les oiseaux nous ont laissé de quoi faire un clafoutis. Le jardin se rétrécit. Nous attendons les orages.

*Le Voyageur, d'Atacama, Nord-Chili, puis de Perth,
Sud-Ouest australien.*

Au nord c'est le désert. Une pente continue relie le
port d'Antofagasta à La Paz au travers des plaines les
plus dénudées du monde... Un peuple dispersé
s'affaire au peu de ressources offertes par ce versant
des Andes. Mines, sel... Je cherche l'herbe et trouve
des plantes-cailloux qui s'enfoncent dans le sol lorsque
l'air devient trop sec.

Le désert est très occupant. C'est un champ libre
de pierres et de sable où les espèces distinctement se
montrent. Chacune est mise en valeur, exhaussée
par le seul fait de son isolement. Chaque habitat
porte son identité à la lumière. Le trou d'une arai-
gnée, la niche d'un lézard, l'enfouissement d'une
vipère dans le sable, le terrier d'un renard, celui,
bien plus petit, d'un scarabée noir, tout cela est
direct. Entre l'homme et cette nature blanche

comme un os, point d'obstacle. Rien de suspect. Le danger est clair.

Le désert n'est pas la fin de l'érosion, c'est la fin du pays de Juan (c'est déjà ça). Après il y a la mer...

J'aime les déserts. Ce sont des lieux d'où l'homme est absent. Et quand par aventure on le rencontre, il se présente comme nulle part ailleurs : en roi humble. Disposé à son avantage – ainsi que les plantes, par l'isolement exhaussé –, régnant sur un milieu qui règne sur lui.

C'est aussi un des rares endroits où le vent incessant des sables promène les sacs en plastique comme un lâcher de ballons...

Ici, pas de termites. Seulement des fourmis en besogne. Je ne sais pas ce que prépare votre architecte. Lyterce est un cas de prédation naturelle, vous appelez ça piraterie, c'est vous qui le dites, pas moi. Dans la nature il existe des exemples de symbiose. Vous êtes prévenu.

Sauvez de Saint-Sauveur la chambre imaginale. L'intendance suivra.

Sauvez les mots. Les noms qui durent, les idées. Je vous aiderai à ma façon. La Terre est en surcharge d'identités. Faisons un tri, vous le suggériez.

Ce voyage, trop neuf pour arrêter le choix, nous conduit-il au miracle espéré ? Un point haut d'où l'on réviserait les vues, notre regard, ses attributs ? Je quitte le désert d'Atacama, au Chili, où tout est pur et nu, pour un secteur encombré de la forêt tasmanienne. Il me faut retourner là-bas. C'est un appel. Un territoire d'interrogations millénaires, aussi cinglant et vif que le désert mais situé dans l'extrême opposé des expressions de vie. Je navigue dans le même hémisphère, choix de saison. Si tout va bien j'y arriverai avant l'hiver austral. Je prévois une escale à Perth, Sud-Ouest australien, où il fait toujours soleil.

Pendant ce temps vous partez en courses aux Grandes Galeries.

Vous me proposez *ville* en défi. Je n'avais pas prévu cet écart. Comment aborder la traversée d'un mot pareil ? Je suis à l'aise au désert et partout dans les forêts ; j'espérais *plage* ou *plaine*, *rive* ou *mer*, voire *océan*, n'importe quoi de grand. Je veux bien m'attaquer aux lisières, à l'imprévisible faille d'une frontière naturelle. Au lieu de cela je dois regarder *ville* et sans doute au-delà : franchir. Dans la ville, à mes yeux, les êtres se figent et s'évanouissent. J'y croise les regards absents de l'humanité mécanisée. Je m'y sens fou et déshérité. Mais aussi attendu. Espéré à distance. La ville m'attire pour cette foule absente à elle-même et sans innocence, pour son architecture, l'énormité de son existence, sa puissance claire, entièrement dévoilée mais pourtant lointaine, pour ses richesses exagérées, ses perspectives souveraines, inutiles. La ville m'attire par son exotisme implacable et peuplé d'interdits tentants. Parfois je la regarde à travers une vitre comme une gemme, parfois en cage comme un animal inquiétant, parfois je m'y plonge les yeux à demi fermés. Je vais en ville comme d'autres en brousse, j'y prends quelques photos absurdes et fantastiques comme cette paire de souliers presque neufs posés sur une poubelle un jour de grève, ce buddleia sur la corniche ouvragée d'une fontaine de pierre, cette petite fille à tricycle tournant sur le toit d'une péniche et gardée par un filet de pêche, ce métro volant au coucher du soleil traversant les flèches d'une cathédrale – objet dans le fond du décor.

Un jour, chez nous, je suis monté sur les toits et j'ai vu cette maladie : la ville.

C'est comme ça qu'elle m'était apparue, ce jour-là, la ville : peau de la terre hérissée, grumeleuse, fumante et fendillée, peau cassée couverte de galles serrées les unes sur les autres. En clignant des yeux (c'est vous qui m'avez appris), on ne retient que les lignes qui portent le dessin : chaos fermé de zinc mat et cheminées courtes, pans obliques, arêtes chanfreinées, ardoises, tuiles et béton clair, tôles bardées, antennes et feuillages hardis lorsque alentour une maison assez basse laisse apparaître la cime des arbres. Puis, brusquement, une entaille, un chemin net pour le flux de l'immense machine : une rue. Les rues sont « en dessous », on ne dit jamais de combien. Dans la ville la surface des choses est à ce point élevée qu'elle finit par enterrer le plan de référence, le faire disparaître, disparaître vraiment.

La peau est non seulement recouverte, elle est aussi creusée. D'ici on ne voit pas tout mais on sait : les galeries, les trous et leurs fumées, les souterrains, les échangeurs, les places de lumière à mille pieds sous terre où se croisent à toute vitesse les gens de ville le matin et le soir ; et tard dans la nuit, je vous parle de très tard, lorsque le monde est rangé dans les boîtes loin du cœur des cités, loin des profondeurs, lorsque les grilles sont fermées de corridor à corridor, lorsque apparemment tout dort, un souffle, un souffle lent – non un courant d'air mais un rythme silencieux – une véritable respiration s'installe et circule au travers des couloirs comme si, finalement, quelque chose d'élastique existait encore sous la surface craquante de la ville, dans le derme profond, quelque chose de protégé parce qu'enseveli, qui viendrait du dessus mais qui vivrait dessous et s'y trouverait bien...

Parfois j'y songe : nous circulons comme des fils à plomb, en transect vertical, du haut des immeubles au fond de leur cave sans prendre garde à la naissance, à l'origine des structures, un état des lieux avant la croûte accumulée des constructions. Nous franchissons le niveau du sol sans y prêter attention, sans même songer qu'il ait pu exister un jour.

Partir en ville ? Vous me demandez beaucoup, Thomas, beaucoup trop pour un homme d'herbe et d'érosion mais je veux bien essayer. Même s'il me semble qu'avec « ville » nous abordons la planète par un angle dur et par avance fermé.

Le registre sur lequel nous travaillons, vous et moi, est mobile. Il fait appel au comportement, au devenir des êtres et des situations, à l'évolution des systèmes. La ville n'offre pas toutes les souplesses que nous désirons mais elle aussi se révèle changeante et versatile. À propos de représentation du monde vous parlez d'icône.

Même abstraite, une icône demeure la figure d'un monde idéal et figé. Pour « nature » cela est vrai, pour « ville » aussi. C'est une *vision* qu'il vous faut et non pas une icône, un motif transformable et multiple. Il y aura toujours moyen de faire osciller son message sur le fil du rasoir, au fur et à mesure de son avancement. C'est la meilleure façon de ne pas tuer le paysage.

Il y a beaucoup de conséquences. Dont une vous concerne, vous le dessinateur : plus moyen de dessiner un jardin, vous le figeriez à jamais ; il faut l'inventer au jour le jour, ce qui veut dire en être jardinier.

Transposez-le à l'échelle du paysage. L'équivalent du dessin est le pouvoir de décision sur l'espace, assimilons ce pouvoir à un plan géant d'occupation des sols, si vous voulez, et vous comprendrez que nous émergeons dans un domaine inconnu, où la répartition de l'espace est, certes, envisageable – elle est parfois bien engagée – mais où le jardinage est en panne de jardinier.

Ce qui pour un jardin fait niche, pour la planète fait territoire de vie, à l'échelle d'un pays, parfois même d'un continent. C'est une carte des comportements qu'il nous faut, pas une mappemonde.

Pour l'architecte la question se pose autrement. Peut-être Lyterce vous apportera-t-il une réponse. Avec tout le pouvoir que vous lui donnez, il serait juste d'en espérer des lumières. Il apparaît tout de même ceci : en différence avec la nature, l'architecture se plie à la complexité de l'homme mais elle ne peut en assouvir chaque facette ; elle va au plus simple, au plus efficace dans le temps, au cube, à la boîte à vivre. La ville, avec toute son invention, décline cette obligation, mais elle n'y est pas toujours à son avantage.

La ville est un paysage trouble. Elle est construite sur une ambiguïté de tous les temps : nature et artifice s'y mêlent si bien que la nature peut y paraître artificielle et l'artifice naturel. Ce qui surprend dans la ville, c'est l'organisation minutieuse de l'espace, la somme des interdits, l'incroyable effort d'imagination pour contraindre les gestes, les orienter suivant un flux déterminé, sur un circuit défini.

La ville d'aujourd'hui est construite comme un réseau de conducteurs – le modèle électronique lui ressemble – sur la base de chemins continus, différenciés et balisés, valant pour chaque usage. Chacun d'eux est filant, bordé, signalé et parfois colorié. Le vocabulaire urbain est très surprenant, il ne semble composé que de contraintes fonctionnelles, comme si le but essentiel de la ville n'était pas d'abriter l'humanité mais de la faire circuler.

Trottoir, bordure, chaussée, caniveau, passage piétonnier, passerelle, souterrain, tunnel, cul-de-sac, rue, ruelle, impasse, avenue, boulevard, cours, barrière, guichet, porte... Rien ne prévoit la divagation, sauf quelques jardins inscrits dans le flux comme des pauses.

Et lorsque le réseau s'altère, on s'inquiète, on parle de banlieue. Les tenants de la ville soudée parlent de couture : il faut recoudre la ville, la rassembler, pour le cas où elle voudrait s'échapper... En clair, cela veut dire construire là où il y a des vides. La ville a horreur des vides sauf lorsque c'est elle qui les établit.

Ainsi Perth, jour férié, vide humain. J'y arrive en escale, sur un pied pour ne pas m'installer, et pendant tout ce temps inconfortable je boite dans les rues.

Il y a des villes que la désaffection n'atteint pas. Celles-ci sont en état de grâce. D'autres s'absentent à la vie comme si une guerre nucléaire avait effacé l'humanité de son habitat. C'est le week-end. Qui n'est jamais arrivé, par un jour vacant, dans une ville anglo-saxonne inconnue, ne peut prétendre s'être mis à l'épreuve de la cité nue, forte de ses seuls interdits, machine tournant à vide, prête à la consommation immédiate du premier passant franchissant son aire.

Perth, hiver austral, cité fantôme. Dimanche. Clignotement vide des sémaphores. Soleil direct, frais, ombres droites, chaussées libres, vent... vent dans les tours, hurlements du vent, papiers volants, vitesse des objets inanimés, vélocité, poussière venue de loin ; vue sur Swan River entre les tours, magasins clos, rien avant cinq heures, tenue exigée pour entrer dans le bar ouvert d'un hôtel de luxe, pas d'eau, pas d'eau libre à boire, ciel sec, on arrose les pelouses, pas d'autobus, vols de mouettes ; les mouettes, survivantes, animent la ville...

Elles se posent en carré ou en rond sur les immenses terrains de jeu aujourd'hui abandonnés. Les mouettes de Perth se regroupent suivant des figures géométriques inattendues, face au vent, dans le meilleur angle pour échapper à sa force.

C'est là que j'ai vu l'homme aux oiseaux. La ville ne semblait pas l'avoir consumé. Il était comme en dehors d'elle.

Chaque fois que je vois l'homme aux oiseaux, je vois les villes, c'est là qu'on le rencontre.

Ici la ville est au bord de la mer et puis de rien après.

Il est assis, ici comme ailleurs, et comme partout il a les cheveux blancs, le corps maigre, beaucoup d'années derrière lui et devant un sac rempli de miettes et de quignons rassis.

Le jeu commence par un sifflement fluet – superflu sans doute, les oiseaux ont tout vu, ils sont déjà là. Puis un geste lent, un seul corps immobile – la main distribue le pain, va en chercher à nouveau au fond du sac, à nouveau le jette à terre d'un mouvement des doigts (surtout pas du bras, qui serait trop brusque) – et pendant ce temps le regard creux de l'homme fixe le sol comme si tout allait venir de là, jamais ne tourne la tête, jamais ne vérifie autour de lui si d'autres oiseaux approchent : il sait. Les oiseaux viennent et c'est tout. Les oiseaux savent, tout le monde sait.

Le jeu prend fin un peu avant que toute la nourriture soit distribuée ; ce n'est pas une règle, c'est un espoir statistique, une probabilité : lorsque l'oiseau – il en suffit d'un pour contenter le jeu – vient chercher lui-même un morceau dans la main de l'homme. Un morceau quelconque mais très spécial, très différent de tous les autres puisqu'il aura été cueilli par le bec immense de l'animal, délicatement pourrait-on dire, entre le pouce et l'index tenus haut pour ne pas se blesser.

Je m'approche de l'homme aux oiseaux, je lui parle de la ville déserte. Il me parle d'autres villes qu'il a connues il y a longtemps. Les oiseaux se sont écartés. Des villes pleines de gens. « Ce ne sont pas les meilleures, pas forcément. » Il vérifie par un regard bref s'il peut tenter une confidence et, sans vraiment s'y complaire, juste pour sonder ma compassion, il évoque sur un ton modéré le désert la nuit des camps de concentration :

— Perth est un paradis.

Il sourit.

Puis il fait un geste large, montre les oiseaux.

— Nous sommes tous des survivants de la ville.

Sa main désigne un banc plus loin, un autre homme occupé à nourrir les mouettes.

— Lui aussi vient chaque jour. Lui aussi vient de ces villes que j'ai connues… Mais il était de l'autre côté des camps…

L'homme aux oiseaux émet un petit son qui se mêle aux cris des mouettes. Le vent paraît fléchir.

L'horizon, blessé, s'arrange d'un nuage : un coton pour soigner ; car tout cela il est vrai — est-ce à cause de la disposition du banc ? — se passe en lui tournant le dos.

Il y a des villes que j'ai traversées à la hâte. Dans les limites ordinaires de la distraction.

C'est toujours en fermant les yeux que je les vois le mieux, ainsi que vous le dites à propos du paysage.

Certaines d'entre elles vibrent encore en moi, d'autres ont disparu tout à fait. On me dirait que j'y ai séjourné, je ne le croirais pas.

Dans les très longues veilles du désert, je songeais aux nuits illuminées et sauvages, réservées aux noctambules, aux fêtes, aux balades sans but, aux dragues, aux pas lents désoccupés, conduits machinalement le long d'un canal ou d'un parc fermé, sur un pont... Ici, pour échapper à la sécheresse des tours éclairées et vides, sous le soleil brûlant et glacé de tant de découpages, je pense à l'Europe, aux flots de foule, au peuple des cafés, aux terrasses à tonnelle, à je ne sais quel empressement mêlé de nonchalance : un art d'occuper l'espace et le temps comme si l'un et l'autre, sur les bords, avaient encore de la place et quelque chose à perdre.

Ici tout est compté, tout est sujet à mesure et cadence. Devant moi l'organigramme de l'efficacité absolue : la cité brute, rutilante, anguleuse et puissante, la cité vibrante des affaires, la cité morte des fins de semaine, frappée du désespoir que seul procure au rêve le sentiment de déréliction.

Brisé, recroquevillé sur le trottoir, dos à la pierre froide d'un édifice de marbre poli (une banque certainement), d'où sort par instants le vent coulis d'un conditionneur d'air, j'écoute la ville vrombir pour elle-même. En l'absence des hommes elle continue de s'affairer, la ville, il ne faut pas perdre du temps...

Au loin une silhouette lente, irréelle, fantôme dans la cité. J'ai soif, je songe aux ports de mes voyages anciens, est-ce à cause de la mer proche ?

Amsterdam, les vélos rois, les mouettes dans la rue.

On marche autour de l'eau, les gens roulent de cette manière assise qui donne à l'effort une assurance particulière : ils ont l'habitude.

Le port est partout et la mer absente.
Dans cette ville en polder seule l'eau échappe à la flui-
dité. Tout le reste glisse, chuinte sur le sol plat et
mouillé. Autour des canaux de plomb s'entrecroisent les
réseaux huilés de tramways, de vélos fantasques, d'auto-
mobiles et de foule.

Venise, à cran.
À courre, à pied.
Ciel moite, on dirait que la lagune est au plafond.
Sur le Rialto des enshortés polychromes, partout dans
les rues, sur les places, en piétant, bouche ouverte. Bas-
sin de l'Arsenal vide pourtant, Giudecca calme, isolée,
puis le cimetière au loin, bastion en mer, planté sans
contrevent, silence enfin.
Venise, cité muselée ; immobile, vestigiale. Quelque
chose a dégringolé dans l'eau. Un livre de Proust tombé
des mains, une pierre détachée d'un palais, un touriste
distrait, qui sait ?
C'était un plouf visqueux, conclu sans résistance, déjà
ancien à l'écoute, comme tant de bruits marins.

J'en serais resté là de mes rêveries et le chapitre
morne de cette grande journée de Perth se serait clos
avec la nuit si je n'étais entré au Blue Diamond, las et
décidé à boire. Comme si l'alcool en dernier recours
pouvait offrir au creux insupportable de la ville en
vacance une chance en plein, un relief. De quoi tenir.

Bar-aubaine ouvert tard dans la nuit, écumant les
piétons esseulés du week-end ; enseigne bleu néon sur

le boulevard. On le remarque. J'y cède par envie de chaleur, aussi par un désir inexplicable d'exploration urbaine. Toutes les villes déclenchent en moi cette pulsion banale et réjouissante : chercher en un lieu de convergence parfois très petit – une place, un bar, un palier – le rythme particulier de la cité et chaque fois, mieux qu'au cœur d'une brousse inconnue, j'ai le sentiment d'une aventure. Pourtant je ne pouvais pas deviner qu'en entrant au Blue Diamond, ce soir-là, le voyage – le projet, le tableau et la liste de mots, notre histoire –, se frayant un chemin dans la fumée épaisse, s'apprêtait à modifier son cours de façon brutale et peut-être définitive.

Derrière un double rang de consommateurs mal équarris le comptoir scintille en pointillé. La sono en pic fauche dès le seuil la quiétude des rues, couvre les voix et résonne en fond de salle, dans la brume. Poussière glauque, sable et sciure, mégots par terre, mélange âcre des bières et des tabacs. Le contraire du dehors. Comme si la ville morte avait condensé un reliquat de vie agité de rires et de rythmes aveugles. J'hésite. Il faut un peu de temps pour s'habituer. Distinguer dans les boxes les tables occupées, le décor bref de faïence bleue, les consoles usées de bois nu, encombrées de pintes et de cendriers et, dans l'angle, à peine dissimulée par les portemanteaux, la chaise vide où je choisis d'aller, le dossier pris en accoudoir par un jeune homme attablé et sans occupation. On dirait un cormoran séchant une aile seulement tandis que l'autre en pénitence disparaît sous l'épaule. Quelque chose de comique et d'ostentatoire dans la pose, destinée à distance à tromper l'attente, favoriser une rencontre, sans doute.

Bryan a une allure de fox-terrier, le poil hirsute, le regard agité par toutes les tentations. Profil au couteau, sans concession, creusé à l'angle volontaire du menton où séjourne une fossette indiquant clairement que le bas du visage se moque du haut. Dans sa tenue rien de trop, sauf peut-être une cicatrice de biais sur la joue, parallèle à la déchirure du jean. Au bout de cette errance, dans ce café bondé, j'avais enfin trouvé quelqu'un d'asymétrique.

Nous partageons une bière ; une autre. Bryan aussi est voyageur. Il montre son tee-shirt Greenpeace en écartant les pectoraux, il raconte son odyssée à Mururoa. Il s'excuse d'être néo-zélandais, tandis que je suis français mais, tout de même, cet épisode du *Rainbow Warrior* !... Il rit.

– C'est du passé n'est-ce pas ? et nous trinquons.

Le voile de fumée noie la salle surchauffée dans un seul bain où s'estompent les murs et le comptoir. En bascule sur sa chaise, le visage en retrait, Bryan chantonne ses convictions : l'air d'ici est le plus pur du monde, le plus transparent !

Il est saoul, légèrement.

J'en suis au point où je cherche l'agora, un lieu de brassage où les corps fluides ont la liberté d'aller et venir, où les quartiers n'ont pas de frontières mais des identités, où le fait de circuler ne tient pas à la performance des machines mais à la multiplicité des orientations possibles. Je cherche des chemins lents, des échanges, des regards... Ici, dans cette ville saignée à blanc, vidée de sa substance, il me faut accepter la puanteur d'un pub enfumé, saturé de vapeurs bon marché, souillé du suint âcre des plus valeureux consommateurs car, dans ce monde ennuyé, le challenge se joue au nombre de pintes et les gagnants gisent à même le sol dans leur propre vomissure : c'est dimanche.

Nous sortons.

D'une rue en balcon nous regardons la ville, son épure la nuit : une grille nette entourée de vastes autoroutes où quelques véhicules s'enrocadent. Les gens rentrent.

Nous passons et repassons dans les rues désertes du centre jusqu'à King's Park, point haut sur Swan River où se reflètent les ponts éclairés. C'est un spectacle pour tour-opérateur. Bryan compare Perth à Wellington (il prononce comme carton ou ballon, pour me faire plaisir). Il vante l'allée d'eucalyptus à troncs blancs dont chacun porte le nom d'un soldat disparu pendant la Grande Guerre. Dans l'air il trace un arc généreux sur le paysage aligné.

– Vos alliés, dit-il.

Au passage il me fait remarquer combien les habitants de cette région respectent la nature : dans un ficus trop haut un élagage délicat permet aux fils électriques de traverser les frondaisons.

– Chez vous, insiste-t-il, on aurait coupé l'arbre.

Je dis oui, on aurait.

Le vide qui jusque-là noyait le séjour dans une torpeur désespérée se transforme en étouffement : dans ce pays où l'air est si pur je ne sais plus comment respirer. Nous marchons jusqu'à un banc. Bryan me demande pourquoi je voyage.

J'aurais voulu expliquer : dans la ville je cherche les humains.

Encore faut-il que le modèle urbain le permette. J'aurais parlé des grand-places, des venelles, des patios, des cours ouvertes, immenses au portail, sur un chemin pavé, des galeries, des arcades, des promenades en péristyle, des jardins traversés, des porches, de l'herbe dans les joints du dallage, de l'ombre, oui de l'ombre et de Toulouse, des lumières blondes. De tout ce qui, ici, fait défaut. Dans ce pays tout est vif, clair et dissocié, proprement séparé, rangé dans les quartiers : ceux pour dormir, pour travailler, pour jouer. On ne mélange rien, surtout rien. Cela vaut également pour les rites de la journée ; le temps aussi subit les découpages ; une sorte d'infamie viendrait d'une tenue malséante à certaines heures et pourrait aller jusqu'à l'inconvenance.

J'aurais voulu parler des villes que j'aime mais aussi des montagnes rencontrées, des cailloux de l'Elqui, de Juan – avoir un ami –, des petits accidents, des grands éboulis, des fleurs de friches et de tout ce qui pourrait orienter le regard autrement.

Bryan serait-il à l'écoute ? Pourrait-il entendre les mots ordinaires d'une liste établie entre vous et moi un soir d'automne auprès d'un feu de bois ?

Érosion,
Herbe,
Horizon,
et d'autres en désordre : *Ville, Ombre, Rouge, Désert,*
Plage...

Des mots à réviser pour un projet d'image : un tableau ?

Dans la pénombre de King's Park, je note à sa marche louvée une habitude à franchir les trottoirs et gagner les buissons, comme s'il résidait depuis toujours dans un terrier. Mais aussi une tenue d'épaules intransigeante prête à supporter le monde et ne portant, dérisoire, qu'un sac maigre d'écolier. Un peu neuf cependant. Je m'interroge sur cet objet plat et lustré à fermoirs chromés. Il s'oppose au négligé de la bandoulière et paraît contenir un trésor. Je m'attarde un peu sur les multiples décalages de Bryan, ce que la nuit laisse apercevoir de lui, en flashes de lune sous les acacias et les pins.

— Il commence à faire froid, dis-je, en tirant de mon sac un gilet acheté au marché de La Serena. On dit que c'est du poil de chèvre.

Bryan veut bien le croire. Il n'a pas froid mais se décide à enfiler la veste qu'il tenait tout le temps d'une main sur le dos. Par sympathie je crois. Il est vrai que cette bordée au parc ressemble à un bout de voyage que nous devrions faire ensemble. Rien n'est dit de tel. Certains projets naissent ainsi, d'une connivence frileuse d'abord, décidée ensuite.

— Un peu de ça ?

Il tend une flasque rousse.

Nous partageons à la russe un fond d'alcool blanc. Une boisson rêche à décaper l'âme. D'un coup il parle à verse, les mots s'additionnent, libres et flottants, parfois longs comme des phrases, parfois sanglés dans un étranglement de voix, au bord de n'être pas.

Curieuse impression, Thomas, entendre une voix comme prise en phylactères, le son suspendu en bulles qui voyagent lentement, dédoublées par l'alcool, et crèvent à distance amicale. On dirait que tout est seulement fait pour partager le temps, ce soir en excédent.

Dans le flou du discours, devenu pâle, Bryan énonce encore quelques vérités. Sa voix tout à l'heure alerte gagne en hésitations. Il décrit mollement des quartiers invisibles, s'égare à Fremantle, évoque sans conviction la rue des filles aux docks, invente pour demain une urgence là-bas et, sur le banc, face à la baie, il s'endort.

La lumière de ville en fin de course s'accroche faiblement aux reliefs du corps et laisse dans l'ombre une partie du visage. Un quart de sang maori lui donne l'air italien.

Pour moi, le sommeil qui vient sous le soleil naissant est martelé d'images amies : paysages lointains convoqués en urgence pour me sauver d'une trop longue attente : Paris, je vois Paris, Paris n'importe quand (et toutes les villes, si on veut bien, ont Paris dedans – sauf ici, peut-être ?), Paris n'importe où. Une marche la nuit, un dimanche au lever du jour, par exemple lorsque aucune façade n'est prise de plein fouet et qu'une pénombre lente à se dissiper voile encore le pied aveugle des immeubles. Paris entre deux gares, sur un pont. Les taxis vides, les dernières flaques calmes, les premiers alizés, un drôle de vent qui se défait des épaisseurs, un vent léger sur tout ce qui est endormi, las, brièvement répandu sur l'asphalte. Le vent de ville au matin nacré comme la lumière efface, emporte ou chasse, peu importe ; avec lui disparaît l'errance. L'errance c'était la nuit, derrière, ou beaucoup plus tard, devant, en plein jour, le flux des gens, cette houle des corps, le balancement...

La ville, quand on marche la nuit, c'est long. Ça n'en finit pas. Il faut traverser sans cesse et revenir et recommencer mais j'aime ça. J'aime revoir les passages, les gens de passe, les lumières sur leur front, l'interrogation, la possibilité, le frôlement et puis rien, éventuellement rien ; éventuellement un haussement, une gêne du corps, une envie, oui une envie – comme le désir du désir –, une envie pour connaître à nouveau le désir et finalement le désir pour lui-même, retrouvé, intact, subjuguant, un flot de sang.

Le vent laisse le ciel net et clair. La ville se discerne elle-même, énonce calmement les termes de son histoire, dispose ses monuments en justes perspectives, invoque l'architecture sur la simple nécessité de construire et, sans autre bavardage, se plie au tracé organique du fleuve, prolonge la vie telle qu'elle est encore : possible.

J'aime la ville, Thomas, je ne vous l'ai jamais dit, vous étiez trop loin de moi pour l'entendre, et moi trop effaré, trop seul pour savoir en parler. La ville m'affronte, c'est ma guerre, la mer dans laquelle je peux me jeter sans trop de dommages, connaître l'immersion, sentir mon corps autrement qu'en forêt (où toute la nature dénonce l'homme en intrus), le sentir indépendant parce qu'anonyme, flottant parmi les autres et protégé de rien.

Il se forge une appartenance : la ville est sous nos pieds, elle vibre, elle scintille, exulte, se lamente. Elle est en nous à chaque pas, en nous dans l'espérance et dans le désarroi, elle est notre affaire quotidienne et pesante.

Alors il y a la fatigue.
Cette fatigue unique.
Aurais-je traversé le pont ?
Vers qui parler ?
Existe-t-il ici, sur le pavé, un seul être avant l'aube qui ne sera pas effrayé d'être regardé comme un ami ?
Dans la ville ?
En ville vous avez trouvé Emma.
Moi j'ai trouvé l'anonymat.
C'est mon désert à moi.

Ombre

Le Voyageur, de Wanganui, Nouvelle-Zélande.

Si la chambre imaginale n'est pas trop en désordre vous pouvez sortir la boîte de Taupo, Nouvelle-Zélande, centre de l'île du Nord, massif volcanique couvert d'un buissonnement de tea-trees entre les sources chaudes et sulfureuses. Il doit bien y avoir quelques insectes rares ici. Je n'irai pas les chercher pour augmenter les collections de votre oncle Piépol. J'ai l'esprit occupé ailleurs.

Les flancs escarpés de Wanganui River laissent voir des pans entiers de roches nues. Les pluies de la semaine dernière ont transformé le lit en fleuve de boue. Le relief en embuscade libère de temps en temps un emplacement plus serein et plus ensoleillé qu'ailleurs. Là se tient un *marae* – lieu de rassemblement des Maoris – ou bien une ancienne maison des Blancs, devenus avec le temps, et surtout avec l'idée qu'on se fait du temps, un respectable monument. Un panneau signale leur présence. On y découvre l'histoire brève d'un pionnier, celle d'une famille assassinée, celle encore d'un constructeur de ponts. Parfois seulement un poème en quête d'un passé récent où chaque mot tourné en avantage tente d'installer dans les mémoires les traces humaines et clairsemées du paysage. C'est une région tourmentée, sombre, conforme aux légendes. Nous sommes dans l'île du Long Nuage Blanc. Tout ici est noir et blanc, le feuillage plombé des *Nothofagus*, celui argenté des véroniques et des immortelles velues, les fleurs de papier fané ou de cire, les tapis scintillants de graminées sèches... Jusqu'au bétail dans les champs, bœufs noirs et moutons blancs, jusqu'à l'écriture des panneaux, aux frises des maisons. Noir, blanc, et parfois ocre de terre, une sorte de rouge éteint semblable à celui qui orne les objets de l'art indigène ou encore à celui que laisse, en séchant, le sang.

Pour atteindre le village de Bryan, on emprunte une piste sableuse en direction du Bridge of Nowhere, construction inachevée, abandonnée dans la jungle à une époque où le défrichage était prévu jusque dans le fond de cette vallée.

Tout le temps du parcours j'ai songé à l'« ombre ». Me venaient des inquiétudes par bouffées. Bryan, en quelques mots, avait soulevé un voile sur un assortiment de mesures secrètes auxquelles je n'étais pas préparé. Ces images me reviennent alors que nous remontons le cours sinueux de Wanganui River sur une route empoussiérée lorsqu'elle n'est pas boueuse. Je revois Perth et son jardin de nature perché sur la ville à l'aube.

King's Park resplendissait d'une lueur brumeuse. Le soleil en naissant troussait les feuillages et tirait leurs ombres infinies sur le sol humide.

– Je suis un artiste, avait-il dit. Un artiste-voyageur.

Il résuma son errance, son appartenance à un pays sans contour et sans port. La nuit avait construit en lui une obscure détermination.

– Nomade-natif, précisa-t-il avant d'expliquer comment le voyage sculptait sa vie et son histoire.

J'appris en bloc les origines multiples de son métissage à partir d'un comptoir français établi en 1835 dans l'île sud de la Nouvelle-Zélande. Pour lui, le monde commençait là. Il me livrait le nom des rues et celui des familles enterrées dans le cimetière d'Akaroa comme si l'une d'elles, par chance, pouvait me lier à cet improbable village : un bout du monde, très petit, ancré dans l'anse d'un volcan devenue port à l'est de Christchurch... Tout cela est si loin de vous, si loin de tout...

Il avait tenu à me faire partager la trajectoire agitée de ses ancêtres. Le récit semblait toujours se profiler en arrière-plan de lui-même, comme un décor sans lequel il ne tiendrait pas debout. J'étais impressionné. Il parlait de paysage :

– Je ne suis pas toujours sûr d'être dedans... mais je suis sûr du paysage parce que je suis sûr de l'histoire...

J'écoutai sans distraction la fuite à Lombok à l'arrivée des Anglais. Le mariage opportun d'une arrière-grand-mère avec un riche Portugais de Java. Le tragique séjour balinais où les princes de l'île, pour résister à l'envahisseur hollandais, décident un suicide collectif.

La ruine du commerce de batiks. La boutique à tout vendre du quartier chinois de Singapour où il naît d'un père inconnu et d'une mère obsédée par un retour aux sources. Enfin, le voyage tant attendu vers Akaroa où cette femme meurt épuisée mais satisfaite d'avoir obtenu la naturalisation de ses deux enfants.

– Une simple formalité pour Célia et moi. La nationalité néo-zélandaise nous convenait comme n'importe quelle autre... Nous aurions pu demander celle de Java ou de Singapour... Il faut bien avoir une adresse !

Le ton laissait entendre le contraire. Bryan, à l'évidence, pensait que ce n'était pas absolument nécessaire. Cette fresque brève, contée à souffle court, presque en haletant, puisait son énergie ailleurs que dans les tréfonds de la mémoire. Je lui devais notre histoire en échange. Je lui parlai de vous, du tableau, du voyage entrepris. Je répondais à une question posée la veille, laissée en suspens dans la fumée du Blue Diamond. Son visage s'était éclairé, un homme neuf m'apparut, tout entier absorbé par un projet interne auquel il semblait m'inviter :

– Moi aussi je fais un tableau.

Puis, oscillant vaguement sur les versants possibles de son honnêteté, il ajouta à mi-voix :

– Je voudrais pouvoir dessiner l'ombre.

C'est ici, Thomas, que le voyage bascule. Le hasard me détourne pour raison majeure. Sur la route, un peintre-voyageur : quelqu'un, en somme, qui se présente comme une addition de nous. En qui, forcément, réside une part des questions que nous nous posons. Il propose un lieu particulier d'observation : l'ombre.

L'ombre vous entraîne avec moi. Elle apparaît comme lieu d'une station possible, le terrain de la pensée, celui des rencontres et des révélations. J'imagine le cœur d'un banian comme l'espace impérieux d'où sont commandés les gestes nécessaires à la vie et tracés les chemins à suivre. Nous avions négligé ce territoire, oublié d'y prêter une attention égale à celle donnée aux montagnes, aux villes, aux objets crus, ostentatoires et sur eux-mêmes fermés. Peut-être avions-nous imaginé qu'une aussi impalpable existence, l'ombre, privée de matière au point d'échapper à la métrique, à la pondération et à toutes les mesures, ne saurait informer sur la vie autant que la lumière ? Et si c'était l'inverse ? Si l'ombre abritait la lumière, la protégeait ?

Ce que la couleur apporte est une déclinaison maladroite des rayons du soleil, un éclat prismatique, une analyse du blanc. À l'évidence, le balbutiement des désirs s'exprime dans l'altération des tons purs. Chaque fois que l'un d'eux s'affaiblit, il s'agit peut-être d'une tentative d'accès à l'ombre ?

Souvent, je me suis reposé à l'ombre, je m'y suis endormi. Je m'y suis réveillé, étonné de n'avoir pas à lutter avec la lumière. Être acquis à l'ombre lorsque celle-ci n'est pas trop fraîche... Il y aurait beaucoup à dire sur la température de l'ombre en pays chaud, sur son rapport au rythme du souffle, au battement du sang ; la caresse de l'ombre... Souvenirs obliques, siestes tièdes, encombrées de rêves saccadés, réveils glorieux de safran et de bandaison...

Vous devez me suivre un peu plus loin que prévu. Vous devez m'aider à distance quels que soient vos termites et vos étudiants. Notre contrat est aussi celui-là : vous compromettre sur un futur. On ne peut imaginer les mots sans les risques des mots, c'est vous qui le disiez, vous me mettiez en garde. On ne peut imaginer les images sans le risque des images, Bryan devait me l'expliquer bientôt, me faire passer de la lumière à l'ombre et de l'ombre à la nuit profonde. « Je voudrais pouvoir dessiner l'ombre » : cette phrase prononcée du dedans portait les mots à leur irréductible place. Elle en faisait, en l'instant, un vaisseau compact et solitaire, naviguant sur les eaux en naufrage annoncé.

Bryan semblait avoir perdu quelque chose. L'ombre en prétexte masquait une quête mystérieuse sur laquelle il désirait rester secret :

— En Australie les aborigènes dessinent leur territoire par le chant. À chaque mélodie correspond une représentation mentale du relief et de la route à suivre. Le *song line* est une preuve très ancienne de figuration spatiale sans support concret. Le « chant des pistes » ne laisse pas de trace, il n'éprouve jamais le paysage. Moi j'utilise d'autres moyens et d'autres sources. Je construis l'espace par le temps. L'Histoire sans monument c'est comme le *song line* : une mémoire sans trace. Un paysage initial sur lequel il est possible de sculpter l'avenir.

Le symposium de Perth sur la prolifération des images virtuelles dans le monde n'avait pas satisfait toute sa curiosité. Bryan voulait en savoir plus sur le jeu de la transformation, ineffable plaisir. La simulation, l'invention. Bryan, artiste du virtuel, fabrique des histoires, c'est un faiseur d'images.

– Pas n'importe lesquelles... Des images spéciales, des modèles. Les images anciennes, celles des photos et du cinéma, sont données une fois pour toutes, elles sont plates, on ne les transforme pas. Juste faites pour être lisibles et belles. Tandis que les modèles « travaillent ». Ils donnent des images mais pas seulement. Ils nous obligent à les interroger, ils répondent à nos incitations ; les modèles se transforment, proposent des réponses nouvelles, nous informent, ils ont besoin de nous. Avec les modèles on joue.

Enfin, il avait tenté une provocation en tournant son regard vers l'horizon :

– Dans ton projet il n'y a que des images anciennes, des aquarelles. Dans le mien, le futur.

Un monde apparaissait, impalpable, indéfiniment transformable, vertigineux, où toute représentation figure un état possible de n'importe quelle proposition. Il n'est que de décider.

La représentation du monde serait-elle seulement affaire de décision ?

Sommes-nous, vous, lui, moi, dans ce genre de situation, n'importe où, quelque part, nulle part ? Un lieu, en somme, insupportable ?

J'avais demandé à Bryan pourquoi l'ombre.

– C'est une position de repli. Un territoire sans image justement. Une situation de calme. En infographie on n'interroge pas l'ombre. Elle reste une projection possible des objets représentés. Sans plus. Elle n'est pas obligatoire. Elle est neutre. Au congrès il n'y avait que des lumières, de fantastiques lumières et toutes les couleurs imaginables. Aucun répit...

– Et le tee-shirt, c'est une profession de foi ?

– Un cadeau... Si tu viens à Wanganui, je te montrerai comment on simule une explosion nucléaire.

Halte à Pipiriki quelques kilomètres avant notre arrivée. On prépare une fête hors de proportion avec ce minuscule village. On attend, pour le lendemain, sept cents personnes à mi-course d'un triathlon entre Ohakune et Wanganui.

Sous un auvent sommaire une dizaine de Maoris s'affairent. Du toit pendent les animaux morts : moutons, cochons et cochons sauvages. Il fait chaud. Les hommes sont à moitié nus pour ce travail. Deux d'entre eux nous font face. Le premier est chargé de couper les côtes d'un animal ouvert. Il aiguise par saccades un couteau fin sur son pantalon de cuir brun, usé, couvert de sang. De temps en temps il saisit un hachoir et s'en sert comme d'une serpe, il achève de sectionner les cartilages. À d'autres moments il supprime le trop de gras avec une lame courte. Le second est immense de taille, c'est le plus grand de tous, il porte au front un foulard de pirate et laisse entrevoir, sous un gilet en patchwork de cuir et de tissu grossièrement assemblés, un tee-shirt sale revendiquant une appartenance libertaire.

Brillent dans l'ombre de l'auvent, d'une semblable vivacité, les lames des grands couteaux, les scies, les haches et les vêtements luisants de sang mais aussi les yeux noirs des artisans de la fête. L'odeur de la chair fraîche envahit l'atelier d'après la mort et le devant de la cour. Un labrador noir que Bryan caresse longuement aurait bien voulu un os mais il est régulièrement chassé par la seule femme du groupe, une Maorie solide en charge d'organiser cette bacchanale.

Lorsque le géant au gilet casse la scie sur l'échine d'un sanglier, aucun émoi, un seul juron sourd. L'assemblée attentive redouble d'ardeur, comme s'il était question de rattraper une minute perdue. Elle dépèce, découpe, hache puis compte les pièces de viande au milieu des éclaboussures avec un minimum de gestes, sans échanger un mot.

Fascinante précision dans tout ce carnage où les hommes transpirants, à moitié ensanglantés de leur travail de boucher, à moitié nus à cause de la chaleur, se frôlent sans un regard, ajustent à leur fonction précise un rythme sans heurt, organisent le scintillement de l'ombre selon un ordre déterminé, leur empressement d'en finir étant modéré par la noblesse évidente d'une telle tâche.

Bryan fixe intensément la scène. Après un bref échange avec la gardienne, dans une langue pour moi inconnue, il sort un petit appareil vidéo et tourne une séquence.

– On peut scannériser toutes ces images…

Bryan semble vivre aussitôt qu'une machine s'interpose entre lui et le monde.

– En modélisant un schème, disons celui-là (il montre l'auvent et ses habitants), on peut fabriquer de nouveaux scénarios.

– Celui-là ne te suffit pas ?

– On peut aller plus loin, beaucoup plus loin.

J'ai envie de demander pourquoi. Pourquoi aller au-delà de ce qui, déjà, apparaît comme excessif ? Mais Bryan m'avait déjà fourni des éléments de construction de son œuvre. Il pourrait dire, par exemple : dans le « virtuel » la notion d'excès n'a aucun sens. Peut-être aurait-il raison.

J'observe l'artiste au travail ; je compare ses outils aux vôtres. La différence des techniques est-elle si grande ? Je le vois faire un croquis sur son appareil comme vous, dans la hâte, au pastel ou au crayon de bois.

Pour une source d'inspiration identique, un paysage humain, quel tableau exécuteriez-vous, l'un à la main, l'autre à la machine ?

L'un sur la révision du regard ?

L'autre sur l'invention délibérée ?

Tous deux puisant à même la nature, sur quel plan du réel vous rejoignez-vous ?

Parvenus à la maison, visite du laboratoire : une salle en béton aménagée dans les sous-sols. On y accède depuis le jardin par un escalier extérieur comme on en trouve dans les caves à vin. Les mousses et les fougères incrustées dans la pierre en pénombre ne laissent rien deviner de ce qui se passe dans la vraie nuit d'un bunker.

Imaginez une pièce blanche, immaculée, sans autre ouverture qu'une porte aveugle, un sol mat et silencieux, vaguement luisant, trois tables immenses, plusieurs consoles mobiles et cinq ordinateurs disposés en arc de cercle.

– J'en ai d'autres à Auckland, au centre de recherche, dit Bryan en entrant.

Sur le flanc droit une bibliothèque chargée d'ouvrages, appareils photo, caméras, boîtes de diapositives, cartes topographiques et quelques menus objets.

– Banque de données. Pas n'importe laquelle. La mienne.

Bryan extrait un album d'images bistre du début du siècle.

– Mon arrière-grand-mère. Je l'ai trouvée dans le grenier d'Akaroa avec d'autres souvenirs... Marie-Louise... Anton...

Il fait un geste large sur sa « banque ».

– Ils sont tous là. Je les ai tous photographiés, enregistrés et stockés. D'abord ce sont des images. Ensuite je les scannérise pour les incruster dans un schème sur lequel j'interviens à volonté ! Cela devient un modèle, un monde intelligible et transformable. C'est comme ça que les souvenirs du passé s'embarquent dans l'avenir. Tu es prêt ?

La voix de Bryan paraît muer, à la fois accélérée et tendue, comme déportée sur un registre d'emprunt.

– On va voir si tu sais voyager, dit-il encore, si tu sais jouer...

Il allume les machines, éteint la pièce et me fait asseoir.

Spectateur impuissant, immensément loin de lui, à l'écart des constructions dont il forge, souterrainement, sa vie, je regarde défiler le paysage intime de l'artiste.

Je demeure à ses côtés, pendant des heures, découvrant l'étendue du pouvoir mathématique.

Inlassablement, il commente :

– Voici le monde. Voici ce que tu cherches. Une image du monde. Mieux encore, un modèle du monde. Nous pouvons l'ouvrir comme un fruit, comme la carcasse de tout à l'heure, l'ausculter, et le redistribuer autrement. Un programme sur la tectonique des plaques nous permettrait d'anticiper sur la dérive des continents. Mais nous avons mieux à dire, nous pouvons faire l'Histoire, nous pouvons la *refaire*. N'est-ce pas ce que tu cherches toi aussi, refaire l'Histoire ? Ce soir je vais te montrer une histoire de famille, de *ma* famille. Regarde...

Clic sur Java, univers tropical, toits de chaume, murs de briques crues, un visage apparaît, celui d'une femme en crinoline vue auparavant dans l'album blanc.

– Je peux la faire tourner sur elle-même, et parler. Et raconter l'histoire de sa vie. Je peux lui demander de s'adresser à moi, m'interroger directement, mêler les temps... Je ne l'ai pas connue, mais je la connais. Je la connais mieux que si je l'avais connue. Tu comprends ?

Sur l'écran apparaît le visage de Bryan.

– Mon clone. Il voyage dans le temps et dans l'espace. Je n'ai pas besoin de sortir de cette pièce pour visiter le monde et son histoire. Je suis un vrai voyageur, je vais au fond des choses, je tourne et retourne les possibles jusqu'à l'impossible. Et là encore je ne suis pas sûr des limites.

Clic sur Bali ; Marie-Louise est âgée maintenant. Elle est mince, ridée, digne et rusée. Elle organise la crémation de son mari en grande cérémonie. Bryan apparaît en sarong coiffé d'un bandeau à crête de couleurs vives. À ses côtés un couple rutilant : ses grands-parents ?

– Un an pour installer le programme. Quoi de mieux que l'arborescence informatique pour un arbre généalogique ?... Mais je n'ai pas encore interrogé toutes les faces du modèle. Il m'épuisera avant que j'en aie fini avec lui... J'annonce les Hollandais, tu vas me voir avec les Hollandais ; regarde...

Bryan traverse les époques, immortel.

Le menu affiche une bataille navale, mais il préfère passer directement aux conséquences connues sous le nom de Puputan : instant légendaire de résistance où les Balinais se suicident au kriss, laissant l'agresseur désemparé.

– J'ai rajouté des personnages. Je ne peux pas faire mourir tout le monde ce jour-là. Sinon je n'existerais pas...

Bryan hésite un peu sur cette dernière phrase, hausse les épaules et continue. Clic sur Singapour, la maison chinoise, sa mère...

Impossible pour moi de vérifier sur quelles bases cet « arbre » s'édifie. Tout est possible. Également, tout est possiblement faux. Célia n'a pas désiré répondre à mes questions. Elle fuit le laboratoire et s'inquiète seulement de vérifier si le stock de provisions est suffisant.

Détail sur l'intérieur de la maison chinoise. Dortoir collectif désert, plancher de bois surélevé en teck luisant d'âge. Sa mère comme unique personne, une femme à peau brune, aux gestes élégants, insensiblement triste. La boutique sur le devant, les ustensiles à vendre, la rue agitée...

Akaroa enfin, le petit port devenu quai à touristes, les maisons propres, la sienne, puis rien, le silence. Bryan cesse de commenter.

Il me regarde, allume les lumières, me regarde encore et se remet à l'écran. Retour à la rue des Chinois.

– C'est là que je suis né, dans cette maison.

– Je sais. Et ta mère ne s'y plaisait pas...

– Non. Elle ne s'y plaisait pas. On lui avait tant parlé d'Akaroa. Elle voulait connaître. Tu vois, elle est seule, elle cherche, il manque des personnages... Je peux l'interroger encore, je peux lui demander ce qu'elle cherche...

La tension de la pièce se charge d'insupportable façon. Je sens naître une forme indéterminée de violence. Une intention. Dès cet instant tout se passe très vite. D'un coup, dressé au-dessus d'une console, il se tourne vers moi :

– Tu dois venir là-bas, à Akaroa ! C'est beau, c'est très beau, tu verras...

– Bryan, pour quoi faire ? Tu n'as plus rien là-bas...

– Je n'ai plus rien, non, rien.

Une minuscule fracture dans le ton de la voix ouvre sur les profondeurs d'une vraie détresse :

– Tu as raison, c'est inutile. Akaroa, c'est très beau mais c'est inutile... Ne bouge pas, reste là, tu es bien comme ça. Je vais régler les lumières.

Sur l'étagère un appareil photo ancien qu'il saisit en tremblant.

– Attends, ne bouge pas.

Il recule et se cale dos au mur.

La panique m'envahit. La machine aurait voulu s'emparer de moi qu'elle n'aurait pas fait mieux : une photo.

En une seconde, moins peut-être, ma vie défile en images saccadées, incroyablement choisies. Éloquentes. Toutes regardent mon être, ma construction intime. Passent les lieux d'enfance, les visages, Saint-Sauveur, une jetée en mer, premier bateau, voyages lointains, premières décisions, une cathédrale pour une confession, première rébellion, une voix pour un désir de voix, premier amour, un tour au jardin, premier chien, une maladie grave, premier repli, un engagement, premières peurs, mais aussi un paysage pour attendre, la planète et vous dedans, obstinément, premier ami... Vrac fulgurant traversé par le sentiment absurde mais vif que ma vie est en danger et qu'il ne faut pas attendre, agir vite. Agir comment, quoi faire ? Comment se protéger d'une image ? D'une image à venir s'en prémunir ? Comment se défendre du vol, de ce qui, ici, plus que jamais apparaît comme une capture ? Virtuelle mais absolue ?

– Il me manque une image, dit encore Bryan en visant.

Le flash m'atteint à l'aveugle : j'avais mis devant moi les mains. Bryan n'aurait pas cette image. En même temps un cri. Sans doute suis-je seul à entendre ce « non » interne et inutile, le mien. Libérateur cependant. Un cri énorme, sorti d'on ne sait où, comme par un être en moi veillant jusqu'à l'extrême limite du danger.

Bryan, stupéfait, bras ballants, bouche ouverte, interroge ma peur, semble se réveiller. Au lieu de cela il tombe sur les genoux, puis s'effondre tout à fait.

Je l'ai transporté dans la chambre.

Trois semaines de nuit.

Volets fermés, je veille Bryan en proie au délire alterné de fièvres et de sommeils profonds. Je règle l'intendance de la maison. J'apprends à me servir de toutes les machines qui cuisent, broient, lavent, sèchent ou rôtissent et font encore bien d'autres choses merveilleuses et bruyantes. Célia apporte des provisions et du vin de Nelson. Elle passe une nuit ou deux et s'en retourne. Sans conviction, le docteur O'Rutu de Wellington soigne Bryan pour une malaria contractée, paraît-il, en Irian Jaya voici quelques années. Personne n'y croit. Bryan non plus, qui refuse, dans ses moments de lucidité, de se laisser transporter à l'hôpital. Il dit que ça passera.

Indifféremment le jour ou la nuit il se réveille et vérifie ma présence. Son angoisse s'apaise à ma vue. Le plus souvent il refuse de s'alimenter, se contente d'un peu d'eau et replonge aussitôt dans un sommeil torturé où défilent les histoires d'un monde qui lui appartient. Il agite alors les membres en tous sens, transpire et se retourne par bonds en hachant l'air de cris rauques et malheureux. Ils font écho sur les parois et m'atteignent en retour. Pour me protéger des sons, lors de ces crises intenses, je sors dans le jardin faire le tour des flax en fleur dans le petit marais et j'invoque un dieu, n'importe lequel, pour que cesse ce cauchemar. Je n'ai jamais eu tant besoin de Saint-Sauveur, mais le Sauveur est en vacance, il n'entend pas.

Entre les veilles, le séjour à Wanganui me laisse du temps. Celui de réviser les mots, par exemple. Avons-nous choisi les bons ? Et si Bryan avait raison ? Si la représentation du monde, sa figure, n'avait jamais été qu'un rêve, une réalité décidée ? Que déciderions-nous aujourd'hui ? Je me rends parfois au laboratoire : comment ne pas faire le rapprochement avec la chambre imaginale ? Fil tendu entre les antipodes exacts... Que serait un programme sur « Herbe » au travers de l'écran ? Sur « Érosion » ou « Ville » ? Dans quelles rues pénétrerait-on, à travers quels éboulis ? Pour quelle fin ? Bryan dirait pour quel jeu ?... Que serais-je devenu entre ses mains, dans la volonté même de la machine ? Dans l'aléatoire combinaison d'un paradigme informatique et de ses possibles révisions, ses récurrences ?

Notre travail est encore plus ardu que nous l'imaginions. Non seulement nous ne devons pas nous tromper sur les symboles, mais il nous faut veiller à ce que leur vie propre ne modifie pas le cours de l'Histoire naturelle. Jamais le projet auquel nous nous sommes attachés ne m'a paru aussi dangereux.

J'aimerais être comme vous, jardinier.

Plus que jamais je comprends l'ombre.

Thomas, si nous avons une chose à dire ou à montrer, quelle que soit cette chose ou cette figure, nous devons la préserver du bruit et des lumières. La question n'est plus sur le contenu – nous savons au minimum qu'il nous faut une *légende* – mais sur la manière de le livrer. Le tableau de la chambre imaginale, si brillant soit-il, devra scintiller dans l'ombre, comme l'or dans une alcôve de Tanizaki, vous vous rappelez ?

La chambre ici emprisonne l'ombre, la retient.

À l'image de cette géode rapportée un jour de l'Atlas, l'avez-vous gardée ?

Ombre absolue.

Le Tizi n'Tichka un peu couvert de neige. Soleil frais, cru et lointain. Vue sur des millénaires d'ocre et de roches en déprise. (Érosion encore.)

Un enfant s'approche, une pierre à la main.

Ronde, grenue, noirâtre, bosselée, onduleuse, peu amène.

Il sourit.

D'un caillou il frappe et la géode s'ouvre. Ses dents brillent, il rit. Les améthystes éclatent brusquement. C'est bien ça, éclatent, voient la lumière pour la première fois (et souffrent ?). Pour la première fois depuis leur formation, des ères de nuit, de silence absolu – quel temps fait-il à l'intérieur d'une géode, quel âge a l'ombre ? –, la lumière les frappe. (De l'intérieur d'un grain d'ombre comment peut-il jaillir tant de lumière ?) Les machines de Bryan peuvent-elles nous donner des réponses ?

Marchandages.

L'enfant ne rit plus. On ne voit plus ses dents. Il referme la pierre, emprisonne l'ombre ou la lumière, qui sait ? Grave mais sans importance. De tous les éclats il ne reste que celui de ses yeux gris.

Dans ce cas on se demande quel est le prix des dirhams. Valent-ils une ombre ou un éclat ?

La pierre est sur votre cheminée. Peut-être ne l'avez-vous jamais regardée ainsi ?

Un jour vous me disiez cela : je devrais rapporter dans les déserts tous les objets dont je vous encombre, toutes les pierres. Histoire de faire le voyage à l'envers.

Pour celle-ci il n'en sera pas question. Elle est ouverte et cassée. L'ombre a disparu.

Elle a été consommée.

Thomas, de Saint-Sauveur, puis des Cinq-Vents.

Chacun est libre de plier l'art aux machines comme il l'entend et de l'engouffrer en mémoire s'il le faut. Peu importent les moyens.

Ce qui change la représentation du monde ne tient pas aux techniques mais au regard.

Le tableau, vous le savez aussi bien que moi, est un médium. Une étape sur un chemin. Il devrait ne répondre qu'à un seul objectif : nous projeter plus loin dans la compréhension du monde. Son rôle s'achève à son exécution. En tant qu'image il pourrait ne pas exister physiquement. Cela n'aurait aucune importance si le travail préparatoire (le regard) à lui seul parvenait à asseoir une connaissance nouvelle.

Pourtant, vous le sentez, nous avons besoin de l'image. Nous avons besoin de passer par le stade élémentaire de la représentation. Il nous faut une figure. À partir de celle-ci nous pouvons en construire une autre et à partir de cette dernière une autre encore. Et ainsi de suite. Les techniques de Bryan – peintre virtuel – accélèrent les possibilités de transformation. Elles anticipent la configuration de notre futur avec aplomb et témérité. Elles vous inquiètent.

Que craignez-vous donc ? Une capture ? Votre image en otage dans la machine ? Votre double en partance pour une histoire qui vous est étrangère ? Un clone de vous en lutte contre vous-même ?

La *lutte*, n'est-ce pas tout ce contre quoi nous luttons, précisément ?

Je vous ai entendu parler d'énergie contraire et en faire la critique en me regardant tondre ou tailler. « Archaïque », avez-vous dit. Ainsi en est-il de tout ce que nous insufflons à contre-courant d'un mouvement naturel. L'idéal serait d'obtenir une haie à la hauteur voulue sans qu'interviennent les lourdes et bruyantes machines. Juste en infléchissant l'énergie vitale préexistante. En la comprenant pour la tourner à notre usage. Mais aussi en respectant ses tensions. En forçant la connaissance de la nature jusque dans une vraie connivence avec elle. Seriez-vous, par hasard, une personne si étrangère à la nature que la nature ne pourrait s'en accommoder ? Un être désincarné, absent ?

Pourquoi lutter ? Pourquoi ne pas laisser à Bryan votre image ? N'est-ce pas elle qui lui semble le plus à même de servir la machine ? Pouvez-vous la laisser orpheline ?

Pour Bryan vous comblez un vide sur l'arbre intime de son improbable généalogie. Qu'importe. Vous êtes le visage actuel de cette ombre manquante. Il n'a pas tant besoin de vous que d'une image de vous. C'est son archaïsme à lui. Laissez-vous faire. Nous cherchons exactement cela : donner une figure au monde selon une idée *actuelle* que nous avons du monde. Bien sûr cette recherche nous engage au devoir : tenir un précepte dont nous aurions la paternité. L'alimenter, l'élever au-dessus des contingences, l'écarter des embûches et des illusions. En un mot, l'aider.

Sur quelle fracture finale la machine aura-t-elle son dû et l'individu son âme gardée ?

Ne faut-il pas aller jusqu'au bout, jusqu'au plus difficile ? Dès lors que nous cherchons nous devenons responsables de ce que nous trouvons.

Que vous le vouliez ou non, votre voyage enfante un monstre. L'être dont nous parlons n'est pas seulement de chair et de cicatrice. Il est relié au monde par le simple pouvoir de l'inventer. Il est le monde. Plus spécialement, il est vous, moi, voyageur et peintre. C'est vous qui le dites.

Voilà sa maladie.

À vous de l'en sauver.

N'est-ce pas exactement ce qu'il vous demande ?

Agitation à Saint-Sauveur. Dans les esprits, dans les maisons, au cœur même de l'atelier.

Deux conséquences immédiates aux échos de votre voyage :

– Le message de Juan : il faut écourter la liste. Nous y veillerons.

– Le laboratoire de Bryan. Une excitation nouvelle gagne les étudiants. Deux d'entre eux, rodés aux images de synthèse, préparent un synopsis sur l'Herbe et l'Érosion. Le neveu de Madeleine tient absolument à se mettre en contact avec les machines de Wanganui. Il prétend que le code d'entrée suffit.

Ici, l'été assèche les rivières et fait trembler l'horizon. La confusion s'empare du relief blanchi, voilé, rendu à sa plus faible existence.

Lyterce revient de Lucca chargé d'archives et de plans. Une maquette de l'étage à refaire dans une boîte serrée et pour l'instant secrète. Ses affaires occupent le couloir et la véranda. Le fauteuil nica, à bascule, sert de bibliothèque ; les livres empilés le long du dossier menacent de verser. À l'angle du buffet noir, un lit de camp où il réside.

Les travaux avancent. La poutre centrale et les solives de l'atelier, la résine injectée, devraient résister au temps. Une immense bâche noire et blanche remplace le toit de l'étage démantelé. La maison, désormais aplatie, ressemble à un fragment de ksar mal coiffé. Madeleine avance que le tchador est de mode ; elle-même s'affuble d'un foulard en damier : elle reprend du courage. Depuis deux jours elle porte une chaussette rouge d'un côté, blanche de l'autre.

– Pas le moment de gâcher, explique-t-elle à Gilbert comme si nous étions en guerre.

Elle ajoute en détachant les mots : « Pour le mouton, bonne pâture fait la laine qui dure. » Une façon à elle de se ranger au terroir et de le faire savoir. Madeleine porte haut son ascendance paysanne. Un paysan c'est quelque chose, mais un facteur ?

Gilbert, sans jugement, prend très à cœur son office et le transforme en mission : chaque jour il tient à remettre les plis en mains, fût-ce un simple prospectus (et Dieu sait que nous en sommes encombrés). Je crois aussi que l'évolution des travaux l'intéresse au plus haut point. Madame Katz estive aux Sables, elle supporte mal le village en chantier. Reviza a élu domicile chez Monsieur le Curé, une maison tout en pierres où il semble que les termites n'aient pas trouvé faille. Il se montre aux heures des repas.

Lorsque les temps sont trop durs, trop forts les coups sur les murs, les ouvriers trop présents et Madeleine à cran, je m'esquive et prends refuge chez Emma. C'est une petite ferme aux Cinq-Vents entre la Girandelle et le lit du Cormon.

Emma pense qu'elle ne doit rien savoir du tableau. Elle organise l'été sous une tonnelle.

— Dans ce pays plat et sans arbres il faut de l'ombre au-devant des façades... J'ai choisi cette maison pour son calme. Comment supportez-vous le va-et-vient de Saint-Sauveur ?

— Je ne le supporte pas, je l'endure... Et puis, il me semble que, privé de ce monde qui « va » et qui « vient », je serais seul avec ma ruine. Il me faut ce monde-là, Emma, j'en ai besoin. Sans les étudiants je serais vide et peu enclin à tout refaire, à toujours tout réinventer. Ce sont eux qui m'animent, eux qui me font exister. Ils prennent « tout » mon temps et ne s'en contentent pas. Les étudiants sont voraces, ce sont des pillards, ils ont l'esprit neuf et le corps léger. Ils sont avides et généreux. Ils exigent de nous les mêmes vivacités. Ils nous donnent le droit à toutes les erreurs si nous leur concédons celui de nous aimer. À ce prix-là les ruines d'une maison peuvent se conjurer comme le sort mauvais. Il suffit de s'y jeter.

– Vous les aimez tant que ça ?

– Comment faire autrement ?

Un citron à l'eau fraîche remplace le chocolat habituel. Emma prend un glaçon.

– Ce ne sont pas les étudiants qui reconstruisent la maison, me semble-t-il ?

– C'est pareil, Emma, c'est comme si. La maison se refait parce qu'il existe en ce jardin des esprits neufs et des corps légers... Pour l'instant j'exerce à l'extérieur, la tente marabout s'accorde mal à notre travail. Il y fait trop chaud.

– Sur quel projet les entraînez-vous en ce moment ?

– L'« Ombre »... Nous en avons besoin.

Emma résiste à la fiction comme d'autres au sommeil. Il lui arrive de se retrancher : elle vit sa solitude en forteresse. Emma m'impressionne. Elle n'a aucun sens des irréalités.

– Et le Voyageur ?

Je vous dois la réponse faite ce jour-là :

– Le Voyageur est un étudiant rebelle. Il voyage en lui-même et parfois s'égare dans sa propre forêt. Il a besoin de moi par instants. À distance : fil conducteur, repère dans la carte du monde (à l'endroit ou à l'envers, je dis ça pour moi)... Le Voyageur voyage. Il voyagera jusqu'à ce qu'il serve lui-même de repère à quelqu'un, à quelque chose...

J'aurais aimé garder le silence. Rien ne justifie que nous soyons, vous et moi, en quête de refaire un « petit vocabulaire du paysage », un « manuel du jardin planétaire ». Personne ne nous demande rien. La légende que nous écrivons ne se fonde sur aucune apparente urgence. Elle est d'autant plus impérieuse. Comment expliquer cela ?

– Vous n'avez jamais eu l'idée de prendre sa place un jour ? Voyager ?...

Lorsque Emma sourit, l'air plie sous la tonnelle, il faut sans cesse résister.

Je lui parle de mon dernier voyage en Brenne sous l'orage. Je me rendais à Loups chez la veuve Drille qui détient dans sa cave une boisselée d'avoine mêlée de terre de Sienne. Le vieux garde-chasse disparut sans livrer son secret. Nous ne savons pas comment il peignait, à temps perdu, les sous-bois de Brantôme. J'ai besoin de cette mixture. À croupetons dans la souillarde, fouissant l'humus ménager d'un bon siècle d'oubli, j'ai découvert une mélasse rousse dont je me sers désormais pour *chauffer* l'ombre bleue portée par les maisons et certains arbres clairs. Ces images à l'« ancienne », ces aquarelles, conservent un avantage sur celles de Wanganui : en aucun cas on ne les prend pour des « modèles » !

Je croyais la Brenne toujours égale à elle-même : martelée d'étangs, calme et lumineuse. Elle se révéla sombre et sauvage.

Bivouac forcé sur le chemin de Mézières en rase campagne. L'eau inondait la chaussée, on ne passait plus. Prisonnier dans la voiture entre un pont et un gué, tous les deux submergés, j'ai dû jeûner. Un nougat antique, rescapé d'un retour d'Aubenas, l'an dernier, acheva de me vriller l'estomac.

— Les voyages me perturbent énormément. Question de biorythme. Les éthologues diraient que mon amplitude biologique est faible... Contrairement au Voyageur.

Emma demande une explication.

— Le Voyageur s'adapte à tous les climats, toutes les nourritures, toutes les cultures... Moi, je suis comme Madeleine, une personne de terroir. Je dois me manipuler avec précaution.

— À vous observer on ne vous croit pas si fragile et regardant... C'est pourtant vrai, Thomas, il y a quelque chose en vous de casanier. Vous êtes très attaché à la maison de Saint-Sauveur.

— Inféodé, dirait le Voyageur. C'est plus technique.

— Moins exact, il me semble. Le passé de cette maison ne vous appartient pas tout à fait.

— Je n'ai pas connu mon oncle. C'est un legs. Il n'avait pas d'enfant.

Emma rit clair. Je m'en inquiète. Elle me rassure, si l'on veut :

— Vous avez raison, Thomas, il ne faut pas abandonner la chambre imaginale, c'est une île au trésor... Les enfants sont dedans. Venez donc ici quand vous les jugez trop bruyants.

Horizon, herbe, érosion, ville…

Sur la liste malmenée, à moitié consumée par une chandelle un soir de panne, une dizaine de mots surnagent. Ils n'ont pas encore subi la sanction du crayon que Lyterce tient à la main. J'énonce :

– *Rouge.*

– C'est une bonne couleur mais elle tue les autres. Qu'en fait-on dans le paysage ?

– D'après les études du docteur Luscher, il s'agit d'une valeur autonome, intrinsèque à l'individu, indépendante de l'environnement. Le sang des hommes. Avec le rouge on introduit la violence interne.

– Un peu de colère. Le « coloriage », c'est ça ?

– À ta place, Lyterce, je jouerais avec des mots plus sereins. Je propose : *décor.*

– Je croyais qu'on l'avait abandonné. « *Dècor in rota,* la gloire dans la roue », continue Lyterce en roulant des *r* partout.

– C'est écrit ?

– Ce sont mes voyages à moi, Thomas. J'ai bien le droit : frontispice de la Casa Donna, Raguse, l'art baroque en Sicile, je garde ?

– Sûrement pas. Ce mot figurait sur la liste par contrepoint. Nous voulions parler justement de tout ce qui ne fait pas décor.

– Très bien, je barre ; à mon tour : *arbre.* (Lyterce fait l'arbre, il lève les bras.)

– Trop long, il faudrait écrire un autre livre.

– *Désert...* Il y a des points de suspension avec, je vous dis tout. (Lyterce fait le désert. Il s'allonge à plat sur le sol.)

– Je prends. Il figure dans la suggestion des comportements.

Madeleine intervient :

– Dans la suggestion des comportements, c'est moi qui fais la lessive, la chemise de Lyterce était propre ce matin. Pour le désert, c'est le troisième tiroir à gauche, je l'ai changé de place à cause des ouvriers. Les photos de *Welwitschia* sont sous la lampe, les serpillières à la cave.

Nous attendons qu'elle sorte.

– *Gondwana* ? reprend Lyterce.

– Galvaudé !

– *Plage* ?

– Intéressant, mais ça n'en finit pas, c'est comme la mer.

– *Identité* ?

– À voir. On dirait plutôt un sous-titre : le désert est une « identité comportementale », n'est-ce pas ?

– Bravo, je garde en marge. *Signature* ?

– Hors de propos, voir *Art*.

– *Art* je barre ?

– *Art* tu barres, nous dessinons une légende. Ce n'est pas de l'art.

Lyterce me regarde en chien. Cette technique lui est propre. Elle consiste à paraître affligé et docile à la fois, avec on ne sait quelle accusation muette : comme accepter d'être abandonné. Il est sur le point d'en demander plus mais se ravise :

– *Légende* ?

– C'est toi qui l'ajoutes. Il n'y était pas.

– Au crayon rouge. On ne voit que ça... Il nous reste un mot, Thomas.

– *Ombre*, je sais, nous en avons besoin après toutes ces lumières.

Nous transpirons comme à l'issue d'un combat. Le bilan paraît acceptable : subsistent *ombre* et *désert*. Il y a ballottage entre *identité* et *plage*, mots sur lesquels nous revenons.

Lyterce considère la liste en faisant la moue. Insatisfait.

– Il manque toujours des mots.

– Nous suivons les conseils de Juan, ceux du Voyageur, nos intuitions. Comment n'y aurait-il pas de déchets ?

– Tout de même Thomas, vous êtes dur avec *art*.

– Je ne vois qu'un seul point sur lequel notre projet s'accorde à l'art : la quête, l'inépuisable quête. Désir incomblé, souffrance même, nécessaire moteur à la transformation, à l'invention. Voilà ce qui nous lie à l'art. Pour le reste tout nous en sépare. L'art impose sa vérité au monde. Notre projet, lui, demande au monde d'imposer seul sa vérité. Ou du moins la faire naître.

Lyterce s'agite :

– Permettez, je reprends mes notes : « Le paysage, territoire subjectif par excellence, ne nous imposera aucune vérité que nous ne lui ayons nous-mêmes déjà imposée. » Ce sont vos propres mots. Auriez-vous changé tout à coup ?

— Je n'ai rien changé, mais le registre sur lequel nous travaillons entremêle un savoir qui vient de nous — le paysage sensible — et un autre qui vient du dehors — le paysage intelligible — ou l'environnement. Cette dimension spéciale du paysage, celle du dehors, agit sur celle du dedans et la transforme. Plus personne aujourd'hui ne peut prétendre vivre sur cette planète sans une certaine conscience écologique, fût-elle microscopique... L'art, dans tout ça, participe comme il peut à cette transformation. Il fabrique des objets signés dont la plupart s'égarent. Précisément parce qu'ils n'ont aucune prise sur le monde, parce qu'ils ne vont pas dans le même sens, je veux dire, dans la même signification. Ils ne s'additionnent pas pour faire une cathédrale, non, ils s'accumulent. Les soupentes de musées en sont remplies. Je ne voudrais pas être un artiste aujourd'hui. Trop difficile, insulaire. La plus sûre manière de s'extraire du monde.

Lyterce regarde une aquarelle ancienne au mur comme s'il la découvrait pour la première fois :

— J'ai toujours pensé que vous étiez un artiste...

— Je suis enseignant, Lyterce. Un professeur se plie à l'art, il ne le fait pas. Du moins pas forcément. Quant aux étudiants, je ne leur demande pas d'être artistes non plus. Je leur demande de regarder le monde. C'est déjà ça. J'agis comme toujours : en communiquant. Je cherche à faire parvenir à ceux qui m'écoutent un peu du savoir que je détiens par expérience mais aussi par le bonheur des circonstances, par le Voyageur, par toi.

– Moi ?

– Pourquoi pas toi ? N'es-tu pas allé chercher des images à Lucca ?... Si je te demande ce qu'il y a dans cette boîte...

– Une maquette, vous le savez déjà.

– Un « objet de communication » pur et simple. Voilà ce qu'il y a dans ce carton.

Lyterce tient serrée la boîte sur lui. Il hésite. Dans ce couloir en pas de porte où tout se télescope, les meubles, les murs et les passants, Lyterce, en chantier, se rassemble. Une habitude effrontée de lui s'effondre :

– Elle n'est pas prête.

Les nouvelles de Wanganui atteignent en profondeur les structures mêmes de Saint-Sauveur. La chambre imaginale, transformée en dépôt, devient une salle de réunion mais aussi un lieu de résistance. Les partisans des images de synthèse s'affrontent aux tenants de la vieille école. Je ne prends pas parti, persuadé que le virtuel nous oblige seulement à réviser le statut du réel.

Je continue les aquarelles comme s'il devenait chaque jour plus urgent de les apprécier.

Dans un coin à l'abri des regards, derrière un rideau de fortune, Lyterce modifie la maquette. Il n'accepte personne dans ce camp retranché.

Avant qu'il n'occupe la chambre noire j'avais eu le temps de révéler une série d'autochromes sur la terre de Van Diemen, Tasmanie. D'une escale à l'île Bruni,

Piépol rapporta un squelette d'oiseau marin (carnet de notes). Je n'ai pas retrouvé cette carcasse. Sur l'une des images un homme en tenue tropicale, entouré de quatre aborigènes en pagne, tient par les ailes, en écartant les bras, un cormoran mort. C'est peut-être mon oncle lui-même. L'oiseau occupe presque tout le champ du cadrage. Seul apparaît le bas d'un visage émacié et barbu. Je ne peux m'empêcher de songer à Bryan. Sur quelles formules aurait-il construit le reste du visage ? Comment garder le cap, rester juste ? Inversement, quel être mathématique se dégage d'une image traditionnelle et, à partir de là, quelle image modélisée peut-on à nouveau inventer ? Cette progression me hante la nuit, elle ouvre d'infinies perspectives où s'abîme l'esprit.

J'hésite à questionner Madeleine, seul témoin vivant de mon oncle. Je crains un assaut de détails forcenés, globalement inutiles. Les tirages, serrés dans le secrétaire, attendent à l'« ombre ». Ils vous attendent, si vous le désirez.

Cinq étudiants tenaces résistent au stage d'été. Les autres ont rejoint les plages ou les montagnes. Août est douloureux, écrasé et glauque. Un absurde fourmillement agite la campagne plombée et quasi dormante. On voit passer des randonneurs sur n'importe quel chemin commode ; ils avancent rapidement en regardant leurs pieds. Le tourisme pédestre est traversant, il pénètre les recoins du terroir avec indiscrétion. Le statut de vacancier et le balisage des chemins assurent le marcheur légal d'un droit sur l'espace d'une absolue violence. Il en use au-delà de son appétit.

Dans ces dépassements je vois à quel point l'écume des villes a du mal à survivre. À quel point elle se jette en campagne pour éviter le pire, se filtre elle-même et nous parvient par flots, bien décidée à larguer les toxines en même temps que les papiers gras, les bouteilles vides et les mégots jaunis : la nature est flétrie.

Je cherche l'ombre et l'eau. Dans le fond des vallées les ruisseaux se révèlent en scintillant brusquement au milieu de l'ombre. Mais le Cormon serpente en pays plat. Son recours – son ombre – est un ourlet de frênes et de saules. Je me rends dans cette maigre forêt pour essayer un pastel orange et l'ocre « Drille » de Brenne dans l'ombre bleue des aulnes. Emma nage dans une vasque où frayent les truites en saison. Elle vient sécher à mes côtés. Sur sa peau palpitent les gouttelettes comme autant de minuscules trésors. Nous parlons de l'ombre. Elle commente ses voyages avec réserve et conviction, juste pour évoquer les pays où la chaleur intolérable fait de l'ombre des arbres une station désirée. Halte de sherpas, petit forum auspicieux où s'échangent à mi-voix des rumeurs quotidiennes, sans grande importance, des nouvelles d'en haut ou d'en bas sur les routes du Népal ou celles du Cantal en été, à la faveur d'une sieste achevée, d'un repas partagé. Nourritures et frôlements…

– Qu'allez-vous faire de toute cette ombre, dessinée, là, Thomas ?

– La couper en morceaux. L'ombre est insécable.

Pourtant je voudrais la multiplier, la donner en pluie. Je me heurte à la texture de l'ombre. La multiplicité des parcelles entrelacées, l'enchevêtrement des feuilles si fines, oscillantes, en perpétuel mouvement...

Bryan aurait-il une technique particulière et vous un sentiment qui m'aideraient à trancher sur la manière de reproduire sans se tromper l'ombre atomisée des végétaux ?

Emma partage mes soucis avec modération. Elle plisse les yeux vers moi comme pour apprécier un dessin :

– Vous devriez prendre des vacances.

– Aller en ville ? (Je pense aux suggestions abusives de Lyterce.)

– Pourquoi pas ?

Emma sourit, tête inclinée, cheveux mouillés tous d'un côté. Quelques gouttes s'en échappent, éclairent les feuilles d'une pariétaire en fin de floraison.

J'ai presque élu domicile aux Cinq-Vents. Mais chaque soir je reviens au jardin de Saint-Sauveur. Ce minuscule arpent me réconforte. Il a du corps et j'y tiens.

Ni tableau ni reflet d'une image lointaine. Un jardin, un vrai, plein d'exigence et de sollicitude. Il me résiste et me comble à la fois. Il existe, il existe vraiment.

De tout ce que nous faisons, de tout ce que nous disons, le jardin figure comme l'unique territoire où le corps et l'esprit en même temps se mesurent, pour une inépuisable cause.

Lorsque je suis trop fatigué de tout je m'y rends. Même pour ne rien y faire. Juste pour vérifier son existence et la mienne.

J'attends septembre avec impatience.

Époque de toutes les récoltes.

Feu

Thomas, de Paris, avec Emma, fin août.

« Les récits des voyageurs qui ont vu à l'œuvre les termites depuis les surprenantes révélations de Koenig et de Smeathman s'accordent pour les qualifier de ravageurs. Recherchant par-dessus tout la cellulose, ils sont en concurrence constante avec l'homme, qui exploite comme eux cette matière végétale sous toutes ses formes. »

L'expertise de notre entomologiste, assortie d'extraits d'ouvrages divers concernant les isoptères, occupe une place à part dans les rangements hâtifs de la chambre imaginale. On la trouve exposée en entrant, à hauteur de vue, mêlée à vos envois et ceux de Lyterce. (Merci pour la carte de Taupo, dites-moi ce que je dois en faire.) L'expert s'étend avec complaisance sur les outrageants dégâts occasionnés par les insectes dont il est le spécialiste mais s'empresse d'ajouter que cette souche de *Reticulitermes santonensis* dépigmentée présente tous les caractères d'une race albinique stable. À son avis, du plus haut intérêt. C'est tout juste s'il ne nous conseille pas d'en faire un petit élevage. D'après lui, nous avons échappé à un accident semblable à celui de La Rochelle en 1422 où le dauphin Charles, régent de France, préside une assemblée au cours de laquelle le plancher s'effondre, laissant blessés et morts. Il nous envoie sa note en recommandant tout de même de colmater cette fuite dans le toit, cause certaine d'une attirance des insectes vers les sommets, le termite de Saintonge, en effet, ne peut se passer d'humidité.

Cher monsieur, il n'y a plus de toit et peut-être même plus de termites. Une batterie de produits toxiques, largement répandus par le mari de Madeleine, semble avoir eu raison de nos petits lucifuges…

Je ne vous importunerais pas avec ces histoires cliniques si le jugement de l'expert ne stigmatisait, par ses tendances opposées, une attitude particulière de l'homme aux prises avec son environnement : lutter contre mais aussi conserver. Observer en gardant ses distances. Surveiller mais comprendre. Ne pas supprimer la source de l'entendement. S'en défier pourtant.

Voyez par vous-même : le termite de Saintonge s'étend vers le nord. Il atteint la Loire et la franchit vers 1820. Un siècle plus tard on le signale dans les serres du Jardin des Plantes à Paris. Peu après son extension il régresse, sans doute à cause d'une modification dans l'art de construire ; cependant il évolue. À Saint-Sauveur le voici qui présente un écotype inconnu. Bel objet scientifique. On ne peut rêver mieux. Parallèlement et dans le même laps de temps, les botanistes du Muséum observent la progression européenne de la galinsauge ciliée, laquelle semble éclipser sa congénère à petites fleurs (*Galinsoga parviflora*), toutes deux originaires d'Amérique. On les trouve aujourd'hui dans le monde entier.

De votre côté qu'annoncez-vous ? Les vipérines colonisent les plaines d'Adélaïde. Magnifique. On signale une avancée de la petite brize dans les gorges de Georgetown et partout la valériane d'Europe tapisse les coteaux abrupts de Tasmanie. Superbe. Continuez à nous tenir informés, dites-nous où en sont les digitales, les molènes, les fougères-aigles, l'ajonc, le pâturin mais aussi l'armoise de Sibérie en Espagne, le rosier de Chine au Chili, le pavot de Californie en Nouvelle-Zélande, l'acacia d'Australie au Cap et la caulerpe en Méditerranée. L'algue tueuse ! Dites-nous l'avancée des fronts, la guerre des herbes, les ruptures de niches, les failles dans l'équilibre, les grandes dévastations, les invasions, les poisons, les pandémies de l'univers. Pourquoi les prêles vivent encore, pourquoi pas les dinosaures ?... Et encore ! Nous nous occupons du visible, mais s'il fallait plonger au-delà des écrans, que dire des êtres prétendus inférieurs, ceux dont le modèle, immédiatement transformable, oriente notre vie, nous dévie et peut-être nous informatise ?

N'y a-t-il pas, dans tout cet « avancement », de quoi faire une histoire, une autre histoire ? À venir ?

Avenir.

Le premier jardin qui laissera parler l'évolution aura sur tous les autres de son temps, un temps d'avance. Toujours.

N'est-ce pas évident ?

« Ensemble nous trouvons que la Terre est un seul et petit jardin. » Premiers mots du voyage. Pourquoi n'avons-nous jamais songé à regarder aussi les autres jardins ? Pas seulement le mien, à Saint-Sauveur, fourbi comme un potager d'habitudes et d'usures ; pas seulement le vôtre, étendu jusqu'à l'invisible, mais ceux à qui l'Histoire, de son côté – anonyme unanime –, donne ce joli nom vraiment : jardin.

Emma propose un voyage. C'est elle qui conduira.

Rien à voir avec votre ambassade autour du monde. Un petit tour, c'est tout. Une brèche dans l'été. Nous choisissons le plus mauvais moment pour visiter la France.

– Nous n'y allons pas voir des fleurs, vous le savez bien.

Emma participe au projet sans le dire. Sous une apparente confusion de l'emploi du temps elle organise une assistance inattendue. Nous abordons les jardins dans le désordre : comme ils viennent sur la route. La combinaison de l'itinéraire et des haltes évoque pour moi les coupes furetées sous taillis dans les bois maigres de la Girandelle : abandonner un sujet pour un autre, choisir dans l'épaisseur des fûts le meilleur trajet, la meilleure mise à venir, ménager les repousses, préparer un futur discret. L'Histoire serait la forêt et notre voyage un élagage : je me laisse faire.

Villandry, hiérarchie des plans et des lumières. Ordres séparés. Comment la basse-cour devient le terrain des performances horticoles tandis qu'en lieu sûr, au-dessus, on protège les symboles.

Vaux, la destinée d'un regard absolu encore inscrit dans la clairière comme la marque d'un sceau. Vue unique et simplifiée, compliquant l'axe par jeu, pour en faire un sujet et s'y tenir.

Montsouris, cadré à la Repton, les biches en moins. Gros arbres et gros petits trains dans les reliefs parisiens.

L'Haÿ-les-Roses, tension maniaque sur un calepin de tisserand. Comment broder à l'ancienne sur un col bien repassé.

Anet, repli ; régie d'un monde sur lui-même centré. Enclos défait, préséances aux perspectives à venir.

Square Le Gall, naissance du béton. Bosquet sacré retrouvé, un peu amaigri, certes, mais grec encore.

Albert Kahn et ses jardins d'images accolées, traces d'un voyage personnel et rêvé.

La Villette, champ de jeux, gros ballon métallique à lancer dans le ciel.

Les Tuileries en travaux dans la poussière depuis les Médicis, opposant à la tourmente le rythme immuable de ses compartiments...

... Et d'autres encore, grands et petits, cachés derrière les porches, pris dans la ville en secret. Nous empruntons des traverses d'immeubles accessibles. Il

177

n'en reste plus beaucoup. Emma me dirige dans le dédale de ses souvenirs.

– Avant de refaire la Grande Galerie de l'Évolution il y avait au-devant un bassin aux nénuphars avec en dessous, paraît-il, une crypte immense et très ancienne...

Le Jardin des Plantes nous retient longtemps. Il paraît contenir tous les jardins ensemble et conserve, en dépit de cette ambition, une ferme unité. Jardins de l'ordre et du désordre ; des fleurs et des animaux ; des fruits et des médecines ; de la montagne et de la plaine ; de l'ombre et de la lumière ; tous à leur juste place, indiscutables parce qu'étiquetés. Nous y séjournons à plusieurs reprises, vérifiant à chaque fois l'immense pouvoir des noms (fussent-ils résolument obscurs). Au-delà du savoir véhiculé – à notre avis considérable – ils procurent une identité, confirment une existence (sur laquelle notre regard distrait pourrait avoir des doutes) et s'installent dans notre univers mental avec aisance.

Lorsque les noms font image, ils durent. Et lorsque les images ont des noms, elles existent.

Emma pérégrine en écolière, un carnet de croquis à la main, et m'invite à la suivre. Elle prétend exiger de moi des conseils en dessin et m'oblige. La petite université d'été s'accroît d'une étudiante. Est-ce bien raisonnable ?

Un soir en fin de parcours nous feuilletons les carnets. Emma résiste au bilan :

– Pourquoi comparer ces jardins entre eux ? Ils s'opposent et se complètent. Ils s'additionnent, c'est tout.

– Serions-nous en train de les collectionner sans les comprendre ? (Je pense à l'idée que Juan se fait des musées et des dictionnaires.) Je cherche à savoir en quoi notre projet mérite de s'appeler jardin.

Emma consulte les brochures collectées avec entêtement dans chacun des lieux visités.

– Lequel, d'après vous, est le plus avancé ou le plus reculé ? Le plus proche ou le plus lointain de nous ? Chaque figure montrée correspond simplement à une vision possible de l'Histoire. Une position. Vous ne croyez pas ?... J'irais même plus loin mais j'ai peur de choquer votre sens de l'ordre...

– Essayez toujours. Donnez-moi une chance de vous contredire.

Qu'entend Emma par ordre en moi ? Et vous, depuis vos antipodes qu'iriez-vous engager derrière ce mot ? La file des idées, la ligne qu'elles forment toutes ensemble liées ?... Le Jardin vert du parc André-Citroën nous isole des bruits de la ville. Après le passage d'un hélicoptère, Emma propose :

– Chacun des jardins visités, chacune des figures est arrivée là, dans le temps, par le jeu des circonstances. À mon avis il suffirait de tourner les circonstances autrement pour que ces figures apparaissent dans un ordre différent.

– Vous voulez dire que l'Histoire pourrait suivre le chemin que nous avons emprunté ? Les Tuileries après la Villette par exemple ?

– Pourquoi pas ?...

Je n'avais pas songé à cette notion de l'ordre : la transgression historique. En brouillant les cartes de cette façon, Emma suggère que nous nous placions au-dessus de l'enchaînement logique des formes entre elles. Que nous nous en détachions. Je tente faiblement de m'opposer à ce choix du raisonnement. Pourquoi nier les emboîtements de l'Histoire ? Emma insiste :

– Pourquoi s'y attacher ? Après tout vous avez raison, on peut comparer ces lieux du privilège si l'on parle bien de leur point commun : le privilège. Qui, lui, n'a pas de temps historique.

Emma parvient à la fois à réduire le jardin et le situer haut dans la pensée. Elle s'entête :

– Le jardin, c'est la jouissance d'un idéal. Et cela n'est pas donné à tout le monde. Voilà pourquoi c'est un privilège. Puisque vous tenez tellement à faire un bilan de votre voyage prenez ces lieux « magiques » les uns après les autres – l'ordre importe peu –, l'annonce d'un idéal y est toujours semblablement précise. Et toujours tendue vers cette ambition : le meilleur des fleurs, des fruits, le meilleur de la vue et de toutes choses sur terre... La diversité des styles et des esprits montre simplement la diversité d'expression du « meilleur ». Elle montre aussi que le meilleur change avec le temps. Parfois il prend l'aspect d'une arche abritant la vie, parfois un lac où naît la vie, parfois un axe autour duquel elle s'organise. Dans tous les cas il est question de rassembler en un lieu défini l'essentiel d'un monde sur lequel l'homme exerce un contrôle et ménage ses rêves.

Un vol d'hélicoptères scelle les derniers mots dans les creux de relief. Ils s'y engravent entre les berces sèches et les feuilles d'acanthes. Que dirait Poliphile au bout d'un tel pèlerinage ? La sagesse est-elle assise en reine sur les pelouses du savoir ?

Une statue ?

Ou bien se cache-t-elle discrètement dans les épais sous-bois comme le dieu Corambé du jardin de Nohant ?

Emma, absorbée, tente un camaïeu de verts : eucomis et galtonias, molucelles, tellimas, roses vertes et graminées.

Nous voici au point où le tableau exige un titre. L'usage des mots finit par épuiser leur contenu. Cependant leur carcasse tient bon. Elle peut se charger à nouveau. Vous me direz : le tableau n'existe pas. Eh bien alors, cherchons un titre pour un tableau qui n'existe pas.

Nous voulons *représenter*. Cela exige une révision des mots. Un voyage. Vous partez.

Nous constatons ceci : les images figent les principes, par essence évolutifs, sur lesquels nous fondons le projet. Elles ne conviennent pas. Des figures nous passons à l'icône, de l'icône au symbole et de ce langage abstrait au désir de légende.

Si nous parlons de vie, quelle différence entre un jardin et un vrac de nature ? Tous deux sont la totalité d'un projet, tous deux mettent en scène la vie. Cependant l'un représente d'abord une idée tandis que l'autre se représente lui-même. Des deux, celui qui a le plus de chances de vieillir est le jardin. L'idée y prend les risques de la sénescence. Le jardin, privé du sens qui le portait à l'origine, traverse alors l'Histoire en simple *décor*. Un cadre. La nature, elle, ne montre que la vie et la vie n'a rien d'autre à faire qu'à « être » pour se montrer. La seule évolution la protège indéfiniment d'une perte de sens.

Un jardin offre la possibilité d'être perçu comme une acceptable vision humaine face aux circonstances – un moment de l'Histoire – mais aussi comme une vision fragile ou dépassée de cette histoire.

Si l'on regarde les choses de cette façon, notre projet s'apparente au vrac et non au parc. Mais n'y aura-t-il pas toujours quelqu'un pour regarder ce « flou » comme un élément du décor ? *La Terre, objet d'art.* Piège ! Sauf, bien sûr, si l'art, en se protégeant, protégeait la vie.

Le *jardin planétaire*, appelons-le ainsi, est un lieu sans échelle et sans intention formelle préalables. C'est un *jardin virtuel*. Cependant il n'est pas sans jardinier.

La magie provient du magicien. Celui qui propose l'inattendu. La nature invente, certes, mais elle n'invente pas isolément. L'homme en fait partie. Et l'homme, dans son immense propension au rêve, est le meilleur magicien de la Terre. Il accélère les processus de transformation et parfois il en crée de nouveaux. Accepte-t-il aussi d'en être le jardinier, c'est-à-dire le gardien ? Non le gardien de l'état des choses, des formes et des objets finis, mais celui de la vie, simplement. De la transformation.

Ce qu'il y a de radicalement neuf dans la folle suggestion de Bryan ne tient pas tant à la manipulation des images qu'à l'apparition d'une direction nouvelle de recherche. *Une nouvelle orientation possible de l'évolution.* Notre jardin, notre projet, ne peut exclure désormais une certaine *écologie du virtuel.*

Bryan est malade d'avoir créé un monde tel qu'il le désire. Il n'est pas habitué ; pas encore. Et personne n'est encore formé à ce difficile exercice : vivre honorablement sur deux plans absolument distincts, le rêve et la réalité.

Et si la vie ne s'exprimait pleinement qu'au travers de ces deux immenses versants ? Et si, aujourd'hui, nous découvrions la maîtrise de son expression double ?...

Nous n'avons pas besoin de légitimer le rêve mais peut-être avons-nous besoin de l'ancrer dans un monde contingenté et réduit aux quotas de matières. Pour faire à son inconsistance une place entière.

Dans ces conditions, Bryan apparaîtrait comme la seule personne de l'Histoire à mériter, pour notre projet, le titre de jardinier.

Si le jardinier est malade, il n'existe plus personne pour *regarder* le jardin, et le jardin lui-même cesse d'exister.

Peut-être pourriez-vous le lui dire ?

Paris surchauffe. Août ne suffit plus à désengorger la ville. Les voitures occupent le terrain. Un voile opaque empêche de percevoir le bleu du ciel. Le taux de pollution, exemplairement haut, n'alerte aucun esprit sur la nécessité de modifier la « politique des transports », comme on dit à la radio. À la Défense nous prenons l'air. La grand-place encombrée de son propre vide présente l'avantage d'être seule réservée aux piétons. Nous piétonnons.

Au CNIT nous jouons aux multimédias. Je taquine l'écran austral pour votre futur déplacement à Hobart et le diable de Tasmanie apparaît en incrustation vivante sur le texte. Pendant ce temps Emma fait tourner la tête de Cro-Magnon dans un sens et dans l'autre mais ne parvient pas à lui faire dire un mot.

Il nous reste un jour. Nous visitons la ville comme les jardins, en cherchant les magiciens.

Un attentat nous sépare. La rue de notre hôtel, bouclée après l'explosion, empêche Emma, partie en course, de me rejoindre. Pendant quelque temps j'observe depuis ma fenêtre l'incendie d'une voiture. Une agitation stupide et raisonnée entoure le foyer. L'immeuble adjacent, noyé sous le flot des pompiers, vomit ses habitants. On voit passer des civières, des corps couverts, gyrophares et sirènes. Une horreur sordide s'empare de cette rue sans histoire et fabrique en quelques instants brefs un fait divers de guerre.

Au lieu d'être gagné par l'insécurité, je m'attarde inexplicablement à la contemplation du désastre – je cherche parmi les visages affolés ou simplement béats s'il en existe de ma connaissance. Je redoute cette hypothèse en même temps que s'installe en moi une certaine indifférence. Je découvre avec un peu de dégoût la curiosité distante du simple spectateur que je suis : tous ces gens pour moi sont des inconnus. Jamais cela n'arriverait dans un village où les voisins au minimum sont des ennemis : dans un cas aussi grave on ne saurait les abandonner tout à fait. Ici la rue met l'accident en scène avec un savoir-faire qui tient de l'habitude et cette routine empêche toute compassion. Un cordon s'étend autour de l'immeuble. Une foule se presse aux premiers rangs : places d'orchestre. Je suis au balcon et d'autres au-dessus de moi, au poulailler, parlent bruyamment parce qu'ils voient moins bien. Emma tarde et je m'inquiète enfin, étonné d'être attentif à une misère sanglante pour moi désincarnée.

Saint-Sauveur me manque tout à coup. Madeleine, en mon absence, doit régler la maison à sa manière. Je l'ai quittée ardente et maître des lieux, manifestement heureuse d'en être la gardienne. Je tremble à l'idée qu'une frénésie d'ordre l'amène à ranger la chambre imaginale. Ce serait contraire au vrac et le vrac, nous venons de le voir, constitue une base naturelle possiblement transformable. On ne peut pas en dire autant des boîtes bien rangées de mon oncle. Pourtant l'un et l'autre se côtoient dans ce petit laboratoire et ne se contredisent pas complètement. D'un côté la liste raisonnée selon un ordre unique et peu modifiable (les familles). De l'autre une « banque » où sont jetées pêle-mêle les « données » du savoir. La machine triera selon une entrée libre et décidable mais aujourd'hui imprévisible.

Sur le petit carnet de poche emporté, les mots en flottaison. Je révise ma leçon. Irons-nous jusqu'à *Plage* ? *Rouge* a disparu, *ombre* est engagé. Double trait de Lyterce pour *identité*. *Désert* vide encore. *Légende* en gros, encadré.

Il n'est pas certain que nous puissions écrire notre propre légende. Il faut laisser cela au temps, aux écrivains à venir, aux étudiants peut-être ?... Voilà un beau sujet : écrivez-moi, s'il vous plaît la légende du Jardin planétaire, vous avez trois siècles, pas plus. Pas de fusain, ni d'aquarelle, pas de dessin. Faites-nous donc un « modèle ».

Emma rentre des Puces transformée en mannequin vinylique.

– C'est pour la fête de Saint-Sauveur ?

– Une tenue de ville, Thomas. Combinaison ignifugée, elle vous plaît ?

Il faudra songer à *feu* : tant d'énergie contraire pour en venir à bout !

*Le Voyageur, de Wanganui, Nouvelle-Zélande,
puis de Hobart, Tasmanie.*

Pendant qu'Emma fait de vous ce qu'elle veut,
Bryan m'assigne à demeure et le tableau reste vide.

Pourtant vous le sentez comme moi : il n'a jamais été
aussi près de son achèvement. L'attente et le silence de
Wanganui arrêtent le temps. Cette parenthèse laisse
venir à moi vos conseils lointains. À distance du risque
vous pouvez fraterniser avec lui. Moi je m'expose.
N'oubliez pas qu'entre nous il existe un partage.

Tous les éléments assemblés laissent entrevoir le
squelette du projet. Les termes de son contenu affichés
en vrac – comme vous dites – dans la chambre imaginale demandent simplement à intégrer un ordre
intelligible. Notre dernier travail ressemble à la construction d'un puzzle. Assembler les éléments entre
eux. Avec une différence : chaque pièce du puzzle est
orpheline des autres, tandis que chaque pièce du pro-

jet contient toutes les autres en elle. Raison suffisante pour différer sa représentation ou la juger impossible.

Cette évidence, imposée à moi dans les nuits de veille, se heurte à mes défenses.

Vers quels pays nouveaux allons-nous orienter nos voyages et moi, le Voyageur, en quels vagabondages errer à jamais dans les sphères irréelles ? Terrible image d'un corps satellisé, indéfiniment condamné à la distance : immobile voyage...

La convalescence de Bryan évoque pour moi la remise en route d'une machine grippée. Réapprendre à manger, boire et dormir selon un rythme ordinaire. Machine personnelle, spontanément connue de tout individu. La plus étrangère à Bryan, semble-t-il, la moins surveillée. Muet, il communique par des sons décourageants d'approbation ou de refus. Célia, habituée, pense que le pire est derrière nous. Sur ses recommandations je me rends à Taupo puis à Rotorua et Château, petite boucle de vacances sous le long nuage blanc de l'île.

Contrairement à mon habitude, je ne voyage pas, je me déplace. Je me transporte en regardant les beaux paysages, les pauvres gens et les objets du folklore avec la convoitise tranquille des visiteurs sans quête et sans attache. Repos de l'esprit, marche dans les herbes rousses de Desert Road, escalade d'un petit volcan, fatigue physique, simple. Chaussures usées. L'eau du ruisseau de Taihape y pénètre. Une clématite paniculée fleurit et parfume le vallon. Bain finalement. Glacé mais bienvenu, à l'occasion d'une ouverture dans le ciel.

Le ciel s'ouvre, c'est vrai, et laisse entrevoir un bleu sans fin.

Il me reste assez de temps pour atteindre Palmerston North avant la fermeture des magasins. Le « One hour print » de la grand-rue accepte d'exécuter un portrait express, comme pour une pièce d'identité.

– Identité, dis-je, c'est bien ça. C'est suffisant.

En même temps je pense : c'est énorme.

La voiture rouge prêtée par Célia pétarade plus que nécessaire. C'est une machine conçue pour être vue et entendue. Bach, pourtant habitué à toutes les frictions, ne résiste pas au hachis du lecteur de cassettes. La musique s'échappe en hoquets dans le souffle du toit décapoté, maorisée par les ressauts de la route. J'arrive à Wanganui glacé du dessus, brûlant du dedans et sourd de partout. Célia m'attend pour le relais :

– Bonne journée ?

– Je crois que j'ai la fièvre.

Elle me touche le front et se moque :

– Cette voiture n'est pas faite pour vous.

Elle disparaît en forçant Wagner à changer, en même temps qu'elle, les vitesses craquantes de la petite voiture. Jusqu'aux derniers tournants du Bridge of Nowhere on entend les cuivres se frayer un chemin au travers des broussailles et des bois.

Bryan assis sous la véranda tourne le dos au soleil couchant comme à tout ce qui l'entoure. Je remets entre ses mains la photo.

Son regard auparavant perdu se fige puis vient à moi.

Il me regarde en effet.

On dirait qu'il me voit pour la première fois.

Pour sortir du tableau vide, vous en extraire, vous partez à la rencontre des jardins. Autres cadres, autres limites ; encore des tableaux. Pour me sortir du même vide, j'entre dans le monde immense et sans limite de l'imaginaire... Un autre vide en somme. Prometteur celui-ci et qui demande à vivre. Je l'ai décidé. On ne m'a pas volé cette image, je l'ai donnée. Seul. Enfin, presque seul. (C'est vous que j'écoutais, il faut toujours un guide.) En entrant dans le jeu de Bryan j'ignore quel impérieux besoin m'entraîne le plus : l'échange ou le partage ? Les deux peut-être entremêlés. Bryan avait sur moi une avance :

– Quel est le deal ?

Me prenant de court sur une réponse à peine préparée :

– On embauche à Saint-Sauveur, le jardin a besoin de jardinier.

Sourire. Le premier depuis Perth. Partie gagnée pour lui. Mais aussi engagée sur un champ de connaissances dont il ignore tout.

Permettez-moi une pause, un instant de calme en moi, un instant que je vous devrai. C'est comme si vous étiez à mes côtés. J'aurais envie de ne rien dire, vous voudriez savoir ce que je pense, j'aurais quelques réticences, un silence, vous comprendriez cette absence, nous pourrions prendre une tasse de thé.

Ensemble nous ferions quelques pas dans le jardin, le grand jardin. Sans limite. Celui que j'aime et qui m'habite, je vous montrerais : il couvre toute la terre et s'insinue jusque dans le cœur des hommes. Vous me diriez oui, c'est là qu'il réside par essence, son plus haut lieu de résistance.

Nous aurions envie de rire parce que cette idée ne vous était pas venue plus tôt. D'un coup le tableau vous apparaîtrait en évidence, comme la plage immaculée sur laquelle s'inscrivent à la hâte les désirs, les seuls désirs, ne laissant sur le papier blanc qu'un souffle, aucune trace visible, juste un souvenir et l'intention d'y revenir. Et nous resterions là, impressionnés par tant de neige accumulée sur laquelle glissent les regards, tant de simplicité. Vous me diriez : Bryan est en vous, occupez-vous de vous, apprenez-lui le nom des plantes.

Puis nous irions dîner au port. Nous goûterions le vin austral en appréciant dans son imperfection ce défaut qui donne à tout ce qui vit une véritable consistance. Et je dirais : oui, il faut toujours avoir une cicatrice en soi.

Nous serions d'accord.

Dans les jours qui suivent, Bryan sort d'un isolement que je juge millénaire. Comme si, à travers lui, une part de l'humanité muselée découvrait, stupéfaite, le territoire qu'elle habite. Il ouvre les yeux en ne disant mot. Nous voyageons. Je commente inlassablement les paysages et leurs transformations, comme pour un enfant. Et chaque fois je tremble en songeant aux erreurs possibles. Un soir en rentrant je confie cette inquiétude :

– Un paysage c'est comme un désir, cela dépend de la manière de le vouloir.

Les yeux de Bryan brûlent avec cet air, à l'avance, de faire une surprise en riant. Sans se moquer pourtant :

– Comme un jardin, n'est-ce pas ?

Ici se scelle notre échange. Je le comprends à l'instant. Dans le quart de cette seconde nous refaisons le monde. Nous sommes en accord sur la direction à donner aux images. C'est un cadeau. Je le reçois en adieu.

Le « détournement » de Wanganui prend fin. Sans doute est-ce le moment pour moi de poursuivre le cours de mon voyage.

Le Bridge of Nowhere mangé par la forêt résiste mal au temps. Nous comparons la nature et la ruine. Le terrain à la fois neutre et grandiloquent se prête aux bravoures. Nous affrontons quelques pensées universelles, histoire d'en manipuler par jeu les possibles retournements. Cela nous offre un espace en blanc, une porte de sortie que nous souhaitons, implicitement, vaste et muette. Puis, à distance suffisante pour éviter un serrement de mains, nous nous mesurons une dernière fois l'un à l'autre :

– Je te garde, dit alors Bryan sur un ton d'excuse.

Il disparaît en serrant dans la main son trésor de papier : une photo d'identité. La brousse derrière lui se referme. Devant lui s'ouvre le monde. Bryan, en cet instant, laisse dans le paysage un sillon. C'est ainsi que je vois le paysage à présent : avec la trace du passage d'un homme en quête de guérison. Une cicatrice, en somme.

Je cherche la forêt dense pour m'y abriter. De là je peux méditer sur l'imprévisible devenir d'un voyageur au-devant duquel s'ouvrent les perspectives du jardin d'un côté et de l'autre celles du rêve sans garde-fou, inépuisable voyage.

Quelque part dans l'univers mon double vit, s'accouple et se distribue selon un programme modifiable. J'assume un rôle inconnu de moi. Je deviens responsable d'une histoire qui ne m'appartient pas mais dans laquelle je suis. Je figure en errance dans l'imaginaire de Bryan et dans toutes les machines avec lui connectées. Je couvre enfin l'espace total de notre projet, Voyageur instantané d'un jardin aussi grand qu'on le désire, aussi petit, aussi proche et lointain qu'on le souhaite. Je suis un homme du Monde, je ne m'appartiens pas. Vous ne pouvez rien faire désormais sans l'intercession de Bryan car en l'abandonnant vous m'abandonneriez.

Les échanges en charge d'avenir lient ensemble des êtres éloignés dont les regards inquiets suivent, sans le savoir, la même direction. Juan disait à peu près la même chose dans son langage à lui, mais il n'avait pas le même usage des mots.

En quittant Bryan une page de l'Histoire ne se referme pas, elle s'ouvre. Tout commence pour nous.

Hobart, Tasmanie (terre de Van Diemen).

Jardin botanique.

Devant moi la fontaine des Français.

Pourquoi revenir en ces lieux policés, trop nets ? Je m'y étais rendu lors de mon premier séjour en Tasmanie et ne vous en avais rien dit. Sans doute ce jardin avait-il moins à offrir que les saloons de Fyngal et la forêt des ash-trees d'où je vous écrivais. Rappelez-vous : les plus grands arbres du monde...

Ici, tout le contraire : nature figée, prise en glace, pétrifiée dans l'espoir d'une quelconque résistance à la mort.

Jardins anti-érosion, qu'avez-vous donc à nous apprendre lorsque le temps ainsi contraint se heurte à vos murailles ? Il n'y a pas d'espoir en vos lieux pour y satisfaire l'esprit. Même l'ombre sauvage en est chassée, tout est dit au soleil, à plat, sans demi-mesure, sans espoir d'insomnie, d'une quelconque souffrance, d'un répit pour le corps. Le bonheur à tout prix est une bruyante prison gardée par des jardiniers armés, casqués, bottés, en charge de machines qui coupent, broient, aspirent, soufflent, pulvérisent et nettoient.

Non, je reviens sur la petite île parce qu'elle figure dans la cartographie des découvreurs comme un de ces territoires décisifs où le regard humain s'est trouvé éclairé par une configuration heureuse de la nature. Comme à Madagascar, aux Galapagos, à Aldabra et en quelques autres lieux pouvant servir d'index à notre jardin planétaire, l'homme a rencontré la terre de Van Diemen – la Tasmanie, petit condensé tempéré d'Australie – avec surprise et considération : elle dévoile, en résumé, une genèse possible de l'histoire terrestre. Je voulais revoir la fontaine des Français parce que c'est un lieu de mémoire dans un pays sans âge.

Revoir les territoires neufs et usés de la Terre. Non plus s'efforcer de les interroger sans cesse, les laissant exsangues et définis, mais leur demander, à eux, de nous interroger. Rappelez-vous notre contrat : « Nous vivons sur le flottement subjectif du paysage mais nous ne pouvons ignorer les conditions de son existence. »

Nous ne pouvons pas, non plus, ignorer les conditions de son devenir.

La fontaine des Français se tient au milieu du jardin botanique de Hobart parmi les plantes d'eau. Hommage aux navigateurs-explorateurs en terre australe avant la mainmise anglaise. Elle consiste en un curieux assemblage de goulottes en bois où l'eau se jette d'un élément à l'autre. On peut y lire le nom des capitaines et des navires :

Marion du Fresne	1772	*Le Mascarin*
Le Jar Desclomeur	1772	*Le-Marquis-de-Castres*
Bruni d'Entrecasteaux	1792-93	*Le Recherche*
Huon de Kermadec	1792-93	*L'Espérance*
Nicolas Baudin	1802-03	*Le Géographe*
Louis de Freycinet	1802-03	*Le Casuarina*
Eugène Hamelin	1802-03	*Le Naturaliste*

En quête de La Pérouse disparu, *La Truite* et *La Durance*, rebaptisées *Recherche* et *Espérance* pour l'occasion, découvrirent le monde intouché. Le contre-amiral Rossel, d'après les notes d'Entrecasteaux mort à la Louisiade, rédige la *Relation du voyage en terre de Van Diemen* : « L'on y rencontre à chaque pas, réunies aux beautés de la nature abandonnée à elle-même, les marques de sa décrépitude ; des arbres d'une très grande hauteur et d'un diamètre proportionné, sans branches le long de la tige mais couronnés d'un feuillage toujours vert ; quelques-uns paraissent aussi anciens que le monde ; entrelacés et serrés au point d'être impénétrables, ils servent d'appui à d'autres arbres d'égale dimension mais tombant de vétusté et fécondant la terre de leurs débris réduits en pourriture [...]. »

Ce paysage n'a pas tout à fait disparu. Le quart sud-ouest de l'île est encore cartographié sous le nom de « Territoire inexploré ».

Il y a des lieux, Thomas, où la nature ouvragée porte en elle, fatalement, une histoire singulière du regard humain. Mais parfois la configuration de nature résiste à toute appropriation. Le paysage recule alors dans le temps, au point de figurer tel quel, sans nécessité de légende, comme un exemple évident de création du monde.

Je ne suis pas revenu ici uniquement pour la fontaine des Français, je voulais cheminer à nouveau dans les tourbières hautes de Cradle Mountain ; c'est un lieu initial, que tout homme dans sa vie devrait pouvoir aborder nu, une seule fois, pour mesurer l'extrême cohérence d'un système en équilibre, son harmonie, la plénitude et la fragilité de son existence.

Cradle signifie « berceau ». Ce n'est pas celui de l'humanité mais une parcelle de Gondwana intacte et désormais en « réserve ». Nous connaissons son passé, quelle sera sa dérive ?

J'ai voulu laisser quelque chose dans la fontaine des Français.

Vous ne m'en voudrez pas, l'objet le mieux disposé à se noyer ici est une petite mappemonde en forme de galet que je porte avec moi depuis le début du voyage ; un dessin de vous recopié avant les pluies du Conguillío, encre noire sur tourmaline.

Au fond de la dernière vasque il vient rejoindre d'autres galets et quelques pièces de monnaie. J'assiste à la dissolution des continents. Les contours s'effacent en petits voiles et disparaissent à jamais dans l'eau claire.

Plus rien ne nous arrête, Thomas.

Nous pouvons refaire le monde.

Le Voyageur, du Cap, dernière étape.

Autour de moi, le feu.
Le chemin du retour est un bel incendie.
Saison favorable, terrain propice, nature inflammable, tout converge et tend vers cette unique direction : le feu.
Les touristes viennent ici pour visiter la péninsule. Ils s'occupent à deviner la ligne blanche que forme la rencontre des océans au bout des longues-vues installées à Cape Point. Ils montent à la Table voir la baie d'en haut et le soir aux docks dégustent les vins huguenots. Ils traversent la fumée sans se douter un instant que ce voile de cendres porte une longue histoire. Un jour, j'en suis sûr, ils viendront pour visiter les feux et les fumées. On leur expliquera. Il y aura les guides du paysage avant le feu. Ceux d'après.
On révélera les siècles de fabrication d'un *pyropaysage*.

Le paysage du feu nous interroge ; c'est ce que nous lui demandons. Des réponses que nous donnerons dépendra son avenir mais aussi le nôtre.

Visite à Llandudno, vers Sandy Bay, où j'observai voici deux ans mon premier grand feu.

Les herbes ont repoussé, les buissons aussi. Tout est vert, innocent. Cependant tout est marqué, profondément. Dans ce pays, quelle que soit la direction du regard, ce qu'on a sous les yeux provient du feu, est le feu ou le sera.

Pour vous, cette expérience, un soir avant que tout commence...

... Avant le feu il y a les éclats. C'est bien avant, plusieurs heures, plusieurs jours parfois : des crépitements.

Bien sûr il n'y a pas de flamme, pas d'autre chaleur que celle du soleil. Mais il y a le bruit du feu et pour qui sait entendre cela signifie déjà le feu.

Partout où je suis à l'écoute du feu, je sais qu'il va venir bientôt. Certaines fois je m'étonne qu'il ne soit pas déjà là. Je le guette, je m'inquiète de son absence, d'une sécheresse sans fumée, de cette rumeur excessive qui le précède, des signes répétés de son existence : chaumes dorés, presque rôtis, limbes incurvés de toutes les espèces en souffrance, recroquevillés pour retenir le peu d'eau qui assure la vie ; brindilles par milliers chargées de résine ; et cette vapeur unique au-dessus des maquis d'épines, essences volatiles, parfums inflammables, magnifiques aérosols planant au-dessus des forêts maigres de Méditerrannée ou d'ailleurs, déjà prête au début de l'été.

Sur le fynbos du Cap flotte le même vertige qu'au-dessus des garrigues en bout de saison. Je suis aux aguets précisément. Ce tremblotement sur les bruyères, déjà vu à Perth entre les Black Boys, à Santa Ana autour des cénothes, cette agitation silencieuse avant le vent – la terre qui s'évapore –, tout cela est fumée avant le feu.

Surtout le crépitement.

Typique. Du feu avant le feu : gousses des genêts qui pètent au soleil et libèrent les graines ; petits plombs atteignant le sol en grenaille sur la litière sèche. Genêts mais aussi acacias de toutes venues ; enfin tous ceux qui peuvent... Certains tardent sous la chaleur, attendent une chaleur plus forte, le feu vraiment, pour engager la mise en route de leur système de vie. Des qui restent fermés obstinément comme les pignes des pins et les fruits des protées.

En somme, tout ce monde est en espérance du grand cataclysme. Les plantes et les animaux : ils savent. Quelque chose sur eux porte la marque du feu et le réclame. Partout ces graines au sol attendent le choc nécessaire à lever la dormance qui les fait résister : une formidable température. Et d'autres encore espèrent une fumée, comme ces restios que je foule à l'instant, une vraie fumée âcre et noire pour déclencher la germination des nouvelles semences...

Tout le monde attend, tout le monde sait. Le moins averti des indigènes, le plus distrait des visiteurs se prépare. Le feu est dans l'air bien avant que l'air n'en soit chargé.

Les tortues s'enfouissent plus profondément. Celles, trop lentes, prises dans la tourmente, périront, seuls cadavres du fynbos. On retrouvera sur la cendre leur test calciné.

Le vent se lèvera. Il y aura une étincelle ou un éclair, pour mille raisons dont beaucoup proviennent du soleil. Comme souvent le feu.

Puis une flamme.

En quelques secondes un brasier.

Le feu enfin.

Il tardait trop, n'est-ce pas, trop d'attente, trop de combustible en charge, ici, à Sandy Bay, dans le buissonnement aride des *Acacia Cyclops* et de tout le maquis rugueux de la région du Cap.

À quelques mètres de moi s'élève la fumée sur une flamme courte et drue. Puis, rapidement, s'incline sous la pression du vent, glissant le long des dunes en direction de la mer. Personne ne s'inquiète. On le voit de partout, le feu. De la route, du village, de la mer.

Le soleil haut règne ici plus intensément qu'ailleurs dans le monde. Il atteint le sol directement, sans filtre. L'air du Cap partage avec celui du Sud-Ouest australien une sécheresse tendue à la manière d'un arc où l'horizon ne se devine pas au loin : il se voit nettement. Où les objets ont leur contour propre comme on parle d'une ombre propre. À certaines heures les fonds clairs rejoignent les devants et semblent aussi brûlants. Les perspectives australes par temps sec, à l'inverse des bleus nimbés de nos lointains, se déplient en collages. Plages nettes, ombres franches, constamment distinctes.

Bientôt tout se brouille. Incandescence et fumée. En haut comme en bas, au-devant comme au loin, la chaleur nous atteint. Avec le chapeau de paille finement tressé que je vous connais, peut-être auriez-vous déjà pris feu, qui sait ?

Quelques heures après la première flamme, le ciel s'obscurcit au point de faire la nuit sur Sandy Bay. Au travers du nuage de charbon le soleil, par endroits, révèle en aréoles brunes et blondes la fine matière en suspension. Spectacle avant la nuit que la nuit achève de souligner par ce trait vermillon du front incendié. Il laisse derrière lui un tapis sombre et cendré.

Le feu s'arrête à la mer.

C'était il y a deux ans.

Je suis revenu le lendemain, puis à six mois d'écart et une année après.

Aujourd'hui le paysage retrouve son éclat. Tout verdit et fleurit. À peine émerge-t-il des buissons en place quelques branches calcinées. En sol acide il ne faut pas deux ans pour que les jardinages du feu produisent effet.

Il s'agit bien de cela, Thomas : jardinage. Le feu laboure, dégage le sol et offre aux semences autorisées une chance de venir s'épanouir sans concurrence, dans la lumière, en terrain libre. La plupart d'entre elles reçoivent le choc attendu pour déclencher leur germination. Certaines gagnent du terrain – ici les mimosas exotiques, impopulaires à force de conquête ; mais aussi les pélargoniums fluorescents, les arums blancs et les restios – au détriment de protées trop lentes, réfugiées ailleurs, là où le jardinage est moins vif.

C'est ainsi que je vois le feu : en outil.

Un outil incroyablement simple et disponible. Un outil de fin d'été pour organiser l'hiver. Dans ces pays, l'hiver est vert, terriblement. Et fleuri d'espèces qui resteraient invisibles sans l'action de l'« outil » : annuelles des cendres, mousses pyrophytes orange, circes mauves, chrysanthèmes, fire-lilies, bulbes afoliés étalant sur le sable nu et noir des étoiles rouges. Même les arbres du feu s'enhardissent à fleurir mieux après son passage : grandes hampes blanches des black-boys dressées comme des lances vers le ciel, goupillons roux des banksias, sphères dorées en artichauts des leucadendrons, toupets carmins d'eucalyptus et de callistemons...

Devant un si joli travail, si apparemment nécessaire, on se demande pourquoi l'humanité continue à déployer son énergie – contraire, diriez-vous – à la lutte pure et simple. Ne pourrait-on du feu se faire un allié ? Et, plus que le contrarier, l'infléchir ? Aux questions que nous pose le pyropaysage pouvons-nous tenter quelques réponses perspectives ? Bryan saurait-il simuler un incendie planétaire et nous livrer des solutions sur la meilleure façon de s'en accommoder ? Mieux : de s'en servir ?

Ici, le feu ne menace pas directement la vie. Il la régénère. Il est la vie, comme ailleurs l'eau.

Je tarde un peu dans ce maquis. C'est un instant de « résistance ». J'ai hâte de vous voir et la crainte de ne pas tout à fait vous reconnaître. Comme si les grands bouleversements de Saint-Sauveur pouvaient, à votre insu, modifier votre aspect et surtout votre regard sur moi.

Un monde forgé en mon absence vous entoure et vous appartient. La chambre imaginale devenue banque de numérisation s'isole et se complique en même temps qu'elle se déploie dans toutes les directions possibles. Il me semble que je ne pourrais plus y habiter. J'ai besoin d'expérience et de voyage. Votre jardin me rassurait, le voici disloqué et vous parti aux Cinq-Vents. Lorsque je doute, par temps clair, au Cap, je me demande pourquoi Cinq.

Existerait-il entre la Girandelle et le Cormon un courant ascendant, inconnu et spécial à cette ferme isolée, capable d'aspirer un homme comme un simple fétu de paille ?

Tout est dit maintenant. Tout est entre vos mains. Les indices, les figures, les mécanismes, les principes et les orientations.

Vous possédez le lieu et les outils. Autour de vous un architecte, une maison encore solide, une compagnie. Au-devant de vous des étudiants et leurs désirs.

Il ne vous reste plus qu'à exécuter le dessin.

Mon rôle ici s'achève.

Légende

Thomas, de Saint-Sauveur de Givre en Mai.

Vous ne me ferez pas faire ça. Pas le feu. Je prends le risque de vous décevoir. C'est ainsi.

Dans votre voyage, votre vision des paysages, il y aurait tout à représenter soi-disant. Mais le peintre, vous l'oubliez, le dessinateur assidu et malheureux, ce n'est pas vous, c'est moi. Moi qui aligne les traits, place les couleurs sous votre dictée, travaille à la figure, sans cesse, cherche les mélanges, ajuste les lumières aux mots ; moi qui fais le tableau, pas vous.

Moi qui arrête le temps. Vous qui le parcourez.

Peut-être sommes-nous d'accord sur le fond des choses, sur l'histoire à raconter, vous dans le voyage, moi dans l'image. Mais tout ne peut être dit, vous le savez bien. Jamais, autant qu'aujourd'hui, les rêves n'ont attiré, pour les servir, une aussi riche et puissante machine humaine, la technique. Jamais la représentation par l'image ne s'est trouvée si ajustée à l'imaginaire et, par suite, jamais le rêve si proche du cauchemar.

Bryan est notre chance. C'est aussi notre risque. Nous pouvons peut-être tout dire mais il ne faut peut-être pas tout dire. Un jardin doit garder ses secrets. Mais le jardin est affaire de *société*. Il représente la pensée du groupe et son histoire. Dans tout le système social flotte, quelque part en ludion, un point d'*amoralité*. Celui-ci, pour des raisons inexprimables qui tiennent sans doute à la complexité de l'homme, ne nous appartient pas. Il n'appartient qu'à l'*individu*.

Il arrive un moment où l'individu doit cesser de dire pour laisser au groupe la parole. Sans quoi l'histoire de la pensée serait l'histoire d'une seule pensée. Isolée, elle sombrerait dans l'océan des tentatives : un caillou à peine différent des autres dans un désert de pierres.

Jusqu'au plus difficile je me hasarde, jusqu'à l'impossible je vous suis. Si ce n'était qu'affaire de moyens tout serait réglé, je vous dirais : c'est entendu, voici le feu en peinture, en représentation, le feu de nature, tel que vous le connaissez, tel que le monde l'ignore, voici de quoi il s'agit : une énorme appétence de la vie, un clash magnifique pour la régénérer, cette vie que vous aimez tant.

Et alors ? Vous faut-il à ce point du spectacle ? Vous avez tort de vous moquer de mon chapeau de paille, il m'a protégé de bien des ardeurs, y compris des échauffements de la raison. À tout voir en grand on finit par ne plus regarder ce qu'on a au bout de ses mains, sous les pieds… Un paysage domestique, cela vous dit-il quelque chose ? À propos de feu, avez-vous seulement une idée de ce que pourrait être un foyer ?

La peinture donne une vérité : la mienne en l'instant de peindre. De moi j'exige cette exactitude, peindre vrai. Non ce que je vois (c'est vous le voyeur-voyageur) mais ce que je sais. Sans vous, sans votre reportage, votre savant vagabondage. Ce que je sens, ici, à Saint-Sauveur, comme ailleurs, en moi disons, à l'intérieur, le feu du dedans en somme. Est-ce que par hasard – pardonnez-moi, je vais à l'impudeur – est-ce que ce ne serait pas, finalement, cela, un état d'art ?

Nous en parlions, rappelez-vous.

Nous étions en désaccord.

Vous du côté du tout, moi du moi.

Un état d'art.

Peindre en soi.

Sur la liste tronquée, *art* flotte mais demeure. On peut avoir des défaillances. Lyterce n'avait pas complètement tort d'insister. Cependant notre tableau s'éloigne de l'art dans la même mesure que le *groupe* s'éloigne de l'*être*. Il est au-delà. Nous envisageons une fresque. Une vision globale et partageable... Ce n'est pas un travail isolé. Pourtant je suis parfois tenté de recourir à l'art, cette habitude solitaire.

Et si je rompais avec la terrifiante objectivation du monde ? « Gardez-vous de vos émotions », gardons-nous plutôt de ne pas en avoir. Et si je brisais le contrat engagé avec vous : dessiner un projet coté Terre de la Galaxie ? « Petite contribution à l'étude du jardin planétaire », disions-nous. Peut-on être plus nécessairement distant ? Avec le feu pour outil, façonner les paysages comme on retourne un potager ?... Prenez quatorze mille hectares, faites brûler, servez chaud ! Comment justifier une sahélisation du Luxembourg, verte plaine ? Etc. La démesure nous entraîne.

Art ou jardinage ?

Tenir ou lâcher prise ? Mettre le feu à la fresque si longuement engagée ? Suis-je autorisé ?...

J'hésite, bien sûr. Le terrible et l'impossible s'accompagnent du vrai. Vos dires en moi résonnent. Et je ne suis plus seul, on n'arrête pas l'écho. Ici tout le monde attend. Tout le monde écoute mais doute encore et demande à voir. À vous voir de corps. Debout, preuve d'une existence. Vous êtes le *témoin*. On ne sait pas toujours vous situer. Vous rendez compte d'un lieu intermédiaire entre la pensée et l'acte. Cependant en vous réside l'expérience. Vous êtes l'origine, celui qui voit, et la fin, celui qui prévoit. Être si loin en arrière et si loin devant ! « Le premier à savoir se servir du feu aura gagné la guerre. »

Évidemment. C'est un peu ce que vous laissez entendre, sans le dire tout à fait. En évitant d'engager le témoignage sur le champ miné des certitudes. Vous faites bien.

Par un état de la planète obstinément rendu intelligible vous livrez quelques pistes. Mais rappelez-vous les carnets de mon oncle ; il ne faudrait pas que le savoir jette sur la connaissance un voile épais destiné à l'obscurcir.

Votre voyage est impudent.

À ce point il convient de l'arrêter, c'est vrai.

Si je n'avais pour vous qu'une brève estime, je vous traiterais de pyromane et cela suffirait. Mais, puisque avec vous je suis en sympathie, il nous faut partager les douleurs et les encombrements de l'âme.

Sur le feu je renonce, tout au plus je vous accorde un orage…

Pourquoi pas un orage.

La première étincelle.

La raison initiale d'un pyropaysage.

Un orage…

Une petite glaciation traversa l'Europe au début du XVIIᵉ siècle.

L'hiver 1640 fut l'un des plus rigoureux. Il semblait ne pas devoir finir et le printemps arriva sous la neige. Les paysans en famine mouraient dans le froid et la misère. En avril on se décida à prier. On édifia un tertre sur lequel chacun disposait une branche de gui ou de chêne béni. Pour les plus miséreux on y entretenait de jour comme de nuit un bouillon maigre. Dès les premiers jours de mai le froid cessa d'un coup et ne revint plus les hivers suivants. En lieu et place du tertre on éleva une chapelle aujourd'hui disparue. Sur ses ruines se dresse l'église que vous connaissez.

Telle est la légende de Saint-Sauveur de Givre en Mai.

Il en est d'autres plus radicales et tout aussi anciennes. Saint-Jean-de-Pertuis aurait été détruit et recouvert par le glacier de la Brenva « en punition des habitants qui faisaient leurs foins le jour férié de la Sainte-Marguerite ». Chaque lieu sur terre, le plus ignoré ou le plus auréolé de mythe, accepte une légende qui associe durablement l'homme à son territoire. Trois siècles après le froissement du village par le glacier en marche, on disait encore entendre chanter les vêpres à l'emplacement présumé de l'église.

Briser la légende c'est supprimer la relation. À chaque fois que l'on observe un univers en modifiant l'angle de vue, on modifie son histoire. Nous avons pris ce risque en négligeant le devenir de l'Histoire. Tout est prêt mais tout n'est pas fini. Il nous reste du travail à faire.

Sur mon carnet de notes j'ordonne les accès au jardin :

Identité

Limites

Forme

Contenu

Fonction

Existence

et enfin Représentation : notre projet. Ce dernier point ne pouvait prendre corps et sens qu'au préalable des six autres. Mais représenter serait vain si l'on n'assurait à l'image un véhicule acceptable. La destinée du jardin appartient à la légende. Il faut maintenant la construire.

Vous le Voyageur, vous avez le voyage, moi le peintre, le tableau. Vous êtes à l'origine, celui qui *voit* le monde. Je suis à la tâche, celui qui le *représente*. Tout cela occupe une vie. Il faut confier la *destinée* à ceux dont les mains sont libres, le corps et l'esprit légers, en attente d'une charge à prendre et conduire loin devant, les étudiants.

Depuis le début ils vous observent, tentent d'intercepter vos dires, vos images du monde apparemment lointaines et dispersées, aujourd'hui rassemblées en un lieu unique et disponible : le jardin. Derrière ce mot ancien et finalement banal, interrogé en biais comme on soulève un voile, ils découvrent, étonnés, la volonté humaine, le savoir – ses pertes, ses résurgences –, le droit à l'expérience, ses échecs et ses chances. Mieux que cela, ils se découvrent eux-mêmes et en eux l'invention. Elle naît d'une rencontre autorisée entre les versants opposés de l'être, l'un regardant le réel, l'autre le rêve, l'un éclairant l'autre.

Vous leur donnez de l'existence et moi le droit d'en user. Tout le reste nous échappe. Je serais bien tenté, comme vous, de dire voilà, mon rôle ici s'achève. Mais rien n'est terminé. Les étudiants exigent encore notre sanction. Nous devons tenir jusqu'à leurs exigences ; ce droit sur nous leur appartient et il est absolu.

Septembre enfin.
Nouvelles pluies, nouveau printemps dans les champs du Cormon. Entre l'Ouche-aux-Demoiselles et la Châtaigneraie un regain d'herbes hautes, à faucher.

De votre voyage-avantage, refuge en distance, vous pourriez ne jamais revenir. Ce serait dommage. Vous manqueriez la récolte. Entendez ce mot comme bon vous semble. Cette année le pommier couché croule sous les fruits. Madeleine prépare des confits.

Pour certains le statut d'étudiant s'étend au-delà des études. Tout le monde ici s'active. En recherche et en exécution. L'agitation des derniers jours se transforme en mouvement et celui-ci progressivement s'ordonne. Le neveu de Madeleine, aidé de ceux qui s'y entendent, installe des écrans et ne cesse d'interroger les machines sur des programmes confectionnés en hâte et modifiés à la demande. L'un d'eux scannérise les images fixes, un autre incruste les vidéos, un troisième se hasarde au texte, cherchant entre les images et les mots la meilleure coïncidence. J'assiste en spectateur au résultat final d'une *leçon de choses*. Un stage sur la représentation du monde pour lequel j'étais, en somme, orienteur. Je n'ai plus rien à faire.

Piépol omniprésent paraît dominer une situation qu'il n'avait pourtant pas prévue. Ses archives dépouillées et rangées, immédiatement intégrées, figurent dans le « jardin ». Elles alimentent et confortent votre voyage ; elles l'illustrent en complément. La chambre noire fonctionne à plein. On développe, on cadre, on coupe, on classe, on dessine, on abstrait, on numérise. On modélise.

Madame Katz, rentrée des Sables, prête main-forte en servant de chauffeur et de relations publiques – elle cherche et trouve des sponsors – mais elle refuse de confier sa voiture à quiconque. Sa 2 CV réparée roule et tangue sur les routes de campagne. Elle transporte des cartons légers à découper, colles et fixatifs, supports multiples destinés à l'affichage des dessins. Aussi tout un matériel électrique, jeté en écheveau dans le coffre et, en plusieurs voyages, un coûteux kit multimédia prêté depuis Nantes par une firme bien intentionnée.

La chambre imaginale se complexifie. S'épure du dedans mais se connecte à la diversité.

Je me contente de veiller au bon fonctionnement de cette étrange ruche. À son maintien : ne pas manquer d'eau et de vivres, de couleur et de papier, d'air quand il fait trop chaud, de lumière la nuit venue... Cette réduction à l'intendance, plutôt que d'incommoder Madeleine, me vaut de sa part une haute considération. Du coup elle se tait et ne cesse, on ne sait pourquoi, de faire des clafoutis aux pommes à l'aide d'une poêle antique à double feu. On dirait un moule à gaufres arrondi.

– C'est votre oncle qui aimait bien ça !

Elle ajoute aussitôt qu'à votre dernier passage vous en aviez repris deux fois.

Je vais de l'un à l'autre, inquiet d'un possible retard sur une quelconque échéance.

La fin du stage d'été ?

La fin d'une mise en ordre des objets épars ?

La fin d'une maison à couvrir ?

La fin de quoi, au juste ?... Emma, à part, accompagnant le projet de son seul regard, apporte sa mesure :

– Ce n'est pas l'échéance d'une fin que vous attendez mais celle d'un commencement. Rappelez-vous, c'est un jardin. Vous me disiez cela : à l'inverse d'une maison, achevée dès sa mise en place, un jardin, lui, commence. Que dirait l'architecte ?

Lyterce, confiné en labeur obscur, s'extrait de la tente marabout pour venir nous rejoindre.

– Belle charrette, dit-il en contemplant sur le sol les déchets de toutes sortes, papiers, rubans adhésifs, cartons colorés mais aussi quelques verres en plastique abandonnés ou crevés, des miettes et des mégots.

Lyterce, en chute d'arrogance, ne vient pas pour montrer son travail. Il propose de l'aide.

– Et la maquette ?

– Il n'y a pas de maquette, Thomas. Il n'y en aura pas.

– Celle de l'autre jour ?

– Quelque part dans les archives. C'est une chambre ordinaire avec un toit classique à construire le jour où vous en aurez besoin... Je me suis arrêté là parce que l'architecte ne peut aller plus loin. Construire. Et si la chambre imaginale devenait maison il faudrait, selon le principe de l'imago – de l'image finale – il faudrait qu'elle s'envole. Elle devrait ne pas avoir de poids, ne pas contraindre, ne pas engager d'énergie contraire. En architecture cela signifie ne pas exister. C'est pourquoi je me suis arrêté là.

Un voile mature, une usure, franchit un instant le seuil de son regard et l'habille. Comme s'il lui venait une ride au front, pourtant lisse et largement tendu, et comme si tout son être s'en trouvait différent, déséquilibré par on ne sait quelle pression venue du dehors de lui.

– Ce n'est pas ton habitude d'arriver les mains vides.

– J'ai quelques notes pour vous.

Emma fait un café. Nous écoutons, intonnés à l'italienne, les récits d'Hildegarde :

« [...] Certaines herbes possèdent en elles la vertu des arômes les plus puissants, l'âpreté des arômes les plus amers. Si elles apaisent la plupart des maux c'est que ceux-ci sont produits par des esprits mauvais et qu'elles les ont en horreur. Mais il y a aussi des herbes qui contiennent en elles, pour ainsi dire, l'écume des événements, et dans lesquelles des hommes abusés tentent de trouver fortune. Celles-ci, le diable les aime et se mêle en elles. » *Le Livre des Subtilités des Créatures Divines*, manuscrit de Lucca.

Lyterce fait une pause et plisse les yeux. On se sent à la fois filtré et soumis à la question. Il poursuit en baissant la voix :

– Les temps ont changé. L'écologie nous oblige à regarder les herbes du diable et celle du bon Dieu avec la même neutralité. Le feu du Voyageur est un point logique d'amoralité. C'est inévitable. Mais si la nature n'offre plus ses sanctions, l'homme, qui est nature, ne trouve plus ses repères. S'il n'existe plus d'herbes du diable, de glacier de la Brenva et de Givre en Mai pour construire la légende, comment voulez-vous qu'elle résiste au temps ?

Je comprends pourquoi Lyterce s'enfermait dans le noir. Il poussait dans les recoins les angles du possible, comme on lui avait appris à le faire, jusqu'à rencontrer l'impossible et renoncer. Mais au lieu d'abandonner là, on le sentait prêt à tourner l'hypothèse et la retourner, pour qu'elle cède. Coquillage nouveau sur une plage inconnue, seul un enfant s'émerveille aussi longtemps d'un sujet aussi bref. Allait-il briser la coquille ou la laisser tomber pour en choisir une autre ? Je regarde Lyterce et en lui l'enfant si loin devant. Cet écart immense maintenant. Je propose un saut, espérant conjurer la distance :

– L'Histoire peut se placer au-dessus des légendes ?

– Elle risque en effet de se placer au-dessus, c'est-à-dire à côté. Si toute cette nature est belle, s'il faut la conserver, alors la morale s'établit selon un principe qui exclut l'homme de son environnement, car il pourrait l'abîmer. C'est tout le contraire de ce que nous voulons dire, Thomas.

– Que proposes-tu ?

– Je propose une *histoire naturelle*. On y rassemblerait les morceaux de nature où tous les éléments de vie ont à voir entre eux. Le dessin est là ; il faudrait l'agrandir. J'avais peur que vous ne l'ayez jeté.

Ensemble nous regardons la carte des biomes d'Ozenda d'après les travaux de Troll en 1968. C'est une figure ovoïde à bord échancré, plus large en haut qu'en bas. Elle se dresse comme une île, solidaire d'un pôle à l'autre. À chaque latitude son épaisseur traduit l'importance des terres émergées. D'où sa forme effilée vers le sud. De part et d'autre d'un équateur, des plages régulièrement étirées d'est en ouest couvrent ce continent unique. Elles correspondent aux grands systèmes de vie à ce jour répertoriés sur la planète. Dans le cas présent ils sont limités à la flore. On imagine aisément comment étendre le principe à un biome général : lieu théorique de toutes les compatibilités de vie...

– Là au moins, dit Emma, on voit le monde autrement.

Je n'avais pas pensé que notre jardin pourrait avoir une figure. Tant d'échecs m'en avaient dissuadé. Le schéma sommaire, presque grincheux, issu d'un envoi tombé des mains de Gilbert, noyé dans le caniveau puis séché au poêle d'hiver, encore froissé et vaguement jauni, demeurait affiché depuis des mois à hauteur de regard mais oublié de lui tant sa présence nous était familière. Nous les hommes, nous vivions sans le savoir sur un *continent unique et théorique*. Magnifique, vraiment. Voilà une figure capable d'effacer l'*horizon*, construire par *érosion*, ménager *ville* et *herbe*, caler dans l'*ombre* un début de *légende*... L'avenir qui s'ouvre ainsi paraît immense parce qu'il reste un doute sur les réserves apparemment finies du continent, sur ses limites. On ne sait pas ce qu'il y a au-delà de ses rives. Seul Bryan peut naviguer sur un vaisseau ayant pour territoire un lieu et un non-lieu. Il est urgent que ce jardinier-là guérisse. J'espère que vous avez fait le nécessaire.

Peut-être auriez-vous agi comme moi, poussé Lyterce dans ses retranchements :

– Quel est le sens d'un continent théorique, un continent qui n'existe pas ?

– Nous pourrions affirmer que le paysage a toujours été théorique mais cette fois-ci en le revendiquant. Tout nous y autorise. On aurait tort d'imaginer que la succession des théories n'affecte pas le paysage. C'est tout le contraire. C'est la façon dont on le voit qui le transforme. Existe-t-il seulement un seul fragment de nature qui échappe à la théorie, au regard, donc à la légende ?

Emma s'oppose :

– Je crois que si, Lyterce : le jardin.

– Le jardin ? Vous rêvez, les livres en sont pleins !

– En France, à la campagne, quand on parle de jardin on parle de *potager* et on y tient. Il est celui de tous les jours, celui dans lequel on met les mains.

Emma nous apporte le corps manquant à l'édifice. Ses résistances ont le poids du réel. On s'y use, on s'y aiguise les sens, on s'y retrouve. Elle est hors légende : éternelle.

Lyterce allume une bougie qu'il place au centre du triptyque, le support oublié du tableau d'origine.

– Vous vouliez une maquette. En voici une. C'est tout ce que je peux faire pour vous.

Au milieu de la pièce le paravent blanc, dressé et fermé sur lui-même en trois côtés égaux, préfigure le continent vide que nous aurions à remplir et qui déjà s'éclaire. Du dedans.

Un emblème.

Deux étudiantes reproduisent en les agrandissant la vision d'Hildegarde et la carte d'Ozenda, clefs opposées d'une histoire à venir. Pouvons-nous commencer à écrire les légendes de Troll, une histoire des paysages qui se désignent par leur vie et non par leur aspect, un territoire de l'homme où celui-ci ne serait ni au milieu ni au-dessus mais dedans ?

Au commencement le monde s'offre brut, multiple, indéchiffrable et secret.

Le savoir peu à peu l'éclaircit, en dissocie les éléments, les donne à voir isolément dans le but extrême de les rendre intelligibles.

Le dessin devient mot puis chiffre et symbole. En dernière mutation il perd consistance et s'envole.

L'accès à la connaissance du monde constitué coïncide avec l'accès aux immatérielles conditions de son existence.

Qui saura manier la légende dévoilera le monde.

Jardin

Le rendez-vous est fixé par Bryan.

Le neveu de Madeleine prévient les habitants de Saint-Sauveur. C'est lundi, jour calendaire de l'automne. Du printemps à Wanganui.

Gilbert apporte le courrier une heure à l'avance et s'installe aux côtés de Madeleine, en angle. Madame Katz juchée sur un praticable occupe un secteur opposé. Reviza, du haut d'un meuble, surveille le monde assemblé. Le mari de Madeleine déplie les chaises d'appoint pour quelques invités. Emma se glisse dans la foule et Thomas, debout, s'assure que rien ne manque. La chambre imaginale est à son comble. Lyterce observe un silence résolu. Les étudiants achèvent d'obscurs préparatifs.

Les icônes brillent.

Le triptyque brûle.

Les écrans s'allument.

Longtemps, ciel.

Puis la forêt, une maison dissimulée.

Le visage d'un homme jeune et balafré, le corps leste, débarrassé, pris dans l'air en funambule sur des plans d'équilibre de lui seul connus. Bryan assurément.

Arrivent les volcans, l'horizon brisé d'une île vue d'en haut, le tapis ondulant de fleurs serrées sous le vent du désert juste après la pluie, les rires et les rides de Juan à l'Elqui, l'épaisseur mauve d'un arbre, son ombre occupée d'une foule en silence, l'homme aux oiseaux sur un banc solitaire, la ville en vrac, en couleurs, en toutes sortes de violences et de magnificences, l'incendie enfin, terrible et souverain, incliné par le vent sur la terre sèche, puis cette phrase en boucle, prise à la voix du Voyageur dans les crépitements du feu :

« Notre jardin, celui des hommes en quête de savoir, n'est pas un lieu de l'épuisement des sciences, un objet observé à distance, c'est un système sans limite de vie, sans frontière et sans appartenance, nourri au rêve des jardiniers et sans cesse remodelé par les conditions changeantes de la nature. C'est un lieu de sauvegarde des réalités tangibles et intangibles. Un territoire mental d'espérance. »

Les fumées du Cap s'estompent. Une silhouette apparaît, massive et lente, flottant dans les restes d'une incandescence, le visage encore dans l'ombre.

Ce pourrait être celui qu'on attend.

Quelqu'un frappe à la porte.

Le Cap, 18 novembre 1995.

Annexes

Rencontres[*]

BANKS, sir JOSEPH (1743-1820) : Botaniste et voyageur. Restitue à La Billardière en 1796 les collections françaises confisquées par les Hollandais à Surabaya en 1794 et acheminées à Londres.

BAUDIN (1750-1803) : Dirige la dernière grande expédition française en terres australes (1802-1803) à bord du *Géographe*. Parti pour l'Australie avant la libération de Rossel au traité d'Amiens (1802), il ne peut bénéficier des relevés de l'expédition d'Entrecasteaux qui, eux, serviront à Flinders, son rival anglais.

BRUNI D'ENTRECASTEAUX (1737-1793) : Dirige l'expédition à la recherche de La Pérouse au cours de

---

[*] Classement par ordre alphabétique des noms cités dans le texte.

laquelle il meurt de scorbut et de dysenterie dans la nuit du 19 au 20 juillet 1793, à la Louisiade. Concourt à la fontaine des Français de Hobart.

COOK (1728-1779) : Voyageur planétaire méticuleux. Le premier à avoir sauvegardé ses équipages du scorbut grâce à la choucroute et au citron embarqués. Il meurt assassiné aux îles Sandwich.

DARWIN (1809-1882) : Auteur d'une théorie sur l'évolution à laquelle s'oppose celle de son prédécesseur, Lamarck. « L'évolution de la flore pyrophyte laisse supposer une sélection violente au début de l'histoire des feux (Darwin) puis une adaptation lente liée au feu (Lamarck). » (Extrait du Carnet de notes de Thomas.)

DAVID ARMAND (1826-1900) : Botaniste et missionnaire français à qui l'on doit une part importante de l'inventaire de la Chine. Quelques plantes remarquables portent son nom. Notamment une clématite persistante *(Clematis armandii)*, une viorne *(Viburnum davidii)*, un érable à écorce verte *(Acer davidii)* et surtout l'arbre aux mouchoirs *(Davidia involucrata)*.

FABRE (1823-1915) : Auteur des *Souvenirs entomologiques*, livre de chevet d'Albert Kahn ; ses observations serviront de base aux principes généraux de la lutte biologique. Lors d'un voyage dans le Midi, Auguste Piépol lui rend visite (Carnets).

HILDEGARDE DE BINGEN (1098-1179) : Abbesse visionnaire, botaniste et médecin, auteur de musique sacrée, qui fonda les monastères de Saint-Ruppert à Bingen au bord du Rhin et de Lucca en Italie.

HUON DE KERMADEC (1748-1793) : Capitaine du vaisseau *L'Espérance* lors de l'expédition d'Entrecasteaux. Mort à Balade en mai 1793. Il laisse son nom à un arbre mythique de Tasmanie, le pin Huon *(Lagarostrobos franklinii)*, et à une ville, Huonville. Concourt avec Bruni d'Entrecasteaux à la fontaine des Français de Hobart.

KAHN ALBERT (1869-1942) : Banquier mécène. Développe en son temps une conception planétaire de la solidarité humaine. Crée le « Cercle autour du Monde », engage des reporters et réalise ses fameux jardins à Boulogne. Auguste Piépol le mentionne dans ses notes mais ne semble pas l'avoir rencontré.

KOENIG EMMANUEL (1658-1731) : Naturaliste suisse né et mort à Bâle où il enseigna la physique et la médecine théorique. On lui doit une trilogie des règnes : *regnum vegetabile, regnum animale et regnum minerale*.

LA BILLARDIÈRE J.J. HOUTON DE (1772-1834) : Naturaliste, botaniste et médecin, à bord de *La Recherche* commandé par Bruni d'Entrecasteaux. Emprisonné à Java par les Hollandais, il fut libéré en 1795 et publia à Paris sa *Relation* en 1799.

LA PÉROUSE (1741-1788) : Dirige une expédition autour du monde en quête du Nouveau Continent et disparaît en 1788 lors d'un naufrage à Vanikoro (île de La Recherche).

MAETERLINCK MAURICE (1862-1949) : Écrivain et poète symboliste belge. Publie entre autres *La Vie des abeilles* (1901), *L'Intelligence des fleurs* (1907), *La Vie des fourmis* (1930).

PIRON : Dessinateur à bord de *La Recherche*. Certains de ses dessins et d'autres améliorés par Redouté figurent dans la *Relation* de La Billardière.

REDOUTÉ, P.J. (1759-1840) : Dessine les planches de la *Relation du voyage à la recherche de La Pérouse* avant d'être rendu célèbre par ses roses.

REPTON (1752-1818) : Paysagiste anglais connu pour simuler l'avenir de ses projets par des systèmes de rabats aquarellés sur lesquels disparaissent les défauts au profit d'arbres et de biches judicieusement placés.

ROSSEL (1765-1829) : Lieutenant, puis commandant à bord de *La Recherche* à la mort d'Entrecasteaux. Rédige une part de la *Relation* à partir des notes du contre-amiral.

SEITZ ALDABERT : Directeur du jardin zoologique de Francfort-sur-le-Main, publie avec le concours des entomologistes les plus qualifiés un ouvrage en dix-huit volumes sur les lépidoptères du monde entier (1909). La version française paraît en 1911.

FRISCH KARL VON (1886-1982) : Naturaliste à qui l'on doit d'importantes découvertes sur les « danses » des abeilles.

Principaux repères géographiques

ADÉLAÏDE

Port situé au sud de l'Australie au milieu de cette grande île. (Au nord si l'on regarde la carte affichée dans la chambre imaginale.) Adélaïde est construite sur un plan carré, la « cité » se trouvant séparée du reste de la ville par une couronne d'espaces verts *(Playground)* formant elle-même un carré. C'est la ville aux cent églises (ou temples). Elle appartient au biome méditerranéen où la vigne produit un vin correct.

AFRIQUE

Important morceau du Gondwana venu se caler après dérive contre l'Europe dans sa partie nord et contre rien dans sa partie sud. C'est le continent des gros animaux (mais le Voyageur n'a pas le temps de les observer). Il est coupé en deux par l'équateur, ce qui lui permet d'avoir deux déserts sous chaque 30ᵉ parallèle – dont un au sud (le Namib) où pousse le *Welwitschia mirabilis*.

AKAROA

Anse ayant abrité les navires français. Lieu d'élection de la colonie française au XVIIIᵉ siècle. Île du sud de la Nouvelle-Zélande, côté est, près de Christchurch. L'anse est un cratère noyé et la ville un petit port-musée.

AMÉRIQUE

Continent double dont la moitié sud provient de l'antique Gondwana. La mise en contact de ces deux parts continentales entraîne – dit-on – la disparition des marsupiaux gondwaniens du Sud au profit des mammifères placentaires plus compétitifs venus du Nord. Le Voyageur, dans ses notes, propose, par analogie, une théorie du brassage planétaire des flores artificiellement mises en contact par l'homme. Avec, pense-t-il, une prédominance nette de la flore australienne dans le cas du biome méditerranéen lié au feu.

ANDES

Surrection longitudinale nord-sud affectant le continent sud-américain sur son bord ouest et due à la dérive continentale dans un mouvement continu vers l'ouest. Le résultat est une chaîne montagneuse importante dont l'altitude n'est pas arrêtée tant que le mouvement lui-même n'est pas arrêté. Le point de vue de Juan de Dios sur la création du relief ne tient évidemment pas compte de la tectonique des plaques.

ANTOFAGASTA

Port chilien au nord du désert d'Atacama, proche du Pérou et relié à La Paz par un train antique en dénivelé continu de l'Altiplano à la mer. Biome des déserts subtropicaux.

ARCHIPEL DANGEREUX. Voir *Vanikoro*.

ARGENTINE

Bord est des Andes jusqu'à la mer dans la partie sud du continent. À l'exception d'une Mésopotamie tropicale comprise entre le rio Paraná et le rio Paraguay, l'Argentine est tempérée ou froide. En secteur andin elle partage avec le Chili quelques plantes de montagne mais aussi les cortadères le long des ruisseaux, encore appelés herbe de la Pampa.

ATACAMA

L'Atacama au Chili, comme le Namib en Namibie, est un désert côtier étroit bénéficiant d'une climatologie spécifique à base de brouillard. Dans les deux cas ce climat résulte de la rencontre d'un désert chaud et d'un courant marin froid en provenance du pôle Sud. De là une richesse exceptionnelle de ces deux déserts respectivement. Pour le Voyageur, l'Atacama se caractérise par les plantes-cailloux et les cactées dorées.

ATLAS

Plissement situé au nord-ouest du continent africain entre le Rif et le désert du Sahara. La plante la plus connue de ces montagnes est un cèdre à dominante bleue aujourd'hui largement répandue en Europe.

AUCKLAND

Capitale politique de la Nouvelle-Zélande. Placée au nord de l'île du Nord, en secteur subtropical, on y rencontre des kauris, conifères géants et longévifs parfois comparés aux pins Huon et aux séquoias.

AUSTRALIE

Le seul continent réellement insulaire ayant bénéficié, depuis le Gondwana jusqu'à nos jours, d'un isolement absolu. Aujourd'hui en risque de bouleversement par cause des différents brassages planétaires induits par l'homme. Les Australiens, jaloux de leur patrimoine, pratiquent un protectionnisme biologique intense partout où il existe un risque d'invasion. En même temps, ils souffrent d'abandon. D'où la carte du monde à l'envers rapportée par le Voyageur.

BALI

Située à la frontière d'une zone bioclimatique indo-australienne – figurée par le détroit de Lombok – Bali est une île volcanique fortement anthropisée, l'un des sites culturels les plus élevés de la planète. Après avoir résisté aux conquérants arabes, portugais et hollandais, Bali tente aujourd'hui d'expérimenter ses résistances au tourisme en le faisant sien.

BIRMANIE (Union de Myanma)

Pays d'Asie en rive est du golfe du Bengale étendu jusqu'à la péninsule malaise. Bien que proche du tropique du Cancer, une partie de son territoire est occupée par une forêt pluviale équatoriale où pousse le teck à l'état spontané. Bois d'ouvrage imputrescible, gras et soyeux, le teck, après surexploitation, fait aujourd'hui l'objet de culture. Du temps d'Auguste Piépol on importait le bois directement des forêts naturelles. Sans doute à cause de son prix très élevé, seul le plancher de la chambre imaginale est en teck.

BRIDGE OF NOWHERE

Construction inachevée au fond des gorges d'Oka-hunu River. Nouvelle-Zélande, île du Nord.

CALIFORNIE

Biome méditerranéen de la côte ouest des États-Unis d'Amérique, d'où sont originaires les cénothes, les eschscholzias, les romneyas et d'autres espèces aujourd'hui répandues partout dans le monde (séquoia, mais surtout pin de Monterey et lupin arborescent). « La flore californienne montre d'excellentes dispositions à la conquête. » (Notes du Voyageur.)

CAMEROUN

Pays d'Afrique centrale à forêt pluviale équatoriale (Sud) étendue au nord jusqu'à la savane sèche des bords du Tchad (secteur sud-sahélien). La falaise de la Bénoué sépare le plateau de l'Adamaoua de la plaine à savane et constitue un lieu de rupture climatique et pédologique riche en espèces. Le Voyageur y rencontre des insectes non répertoriés (*Buneopsis sp*, saturnides, voyages anciens).

CAPE TOWN

Port logé à l'abri de Table Mountain au nord de la péninsule du Cap. La ville s'étend d'un océan à l'autre, de Muizenberg à Sea Point où mouillent les grands navires. La région du Cap est couverte d'un maquis appelé *fynbos*, exceptionnellement riche et constamment en feu. C'est un site d'observation privilégié pour le Voyageur. L'une des deux pointes sud s'appelle Bonne-Espérance.

CAPE POINT

Autre extrémité sud de la péninsule du Cap, d'où il est possible par temps clair de voir la ligne blanche que forme, en surface, la rencontre du courant indien, chaud, avec le courant froid dit de Benguela. Cependant l'extrémité sud de l'Afrique se situe beaucoup plus à l'est du continent, de l'autre côté de False Bay : le cap des Aiguilles.

CHÂTEAU

Hôtel installé dans une maison du XIXe siècle imitant une demeure européenne noble. Proche des sources chaudes de Rotorua, au milieu d'une forêt de *Nothofagus* et de *Leptospermum* (tea-trees). Un sentier botanique « particulièrement bien conçu » part et revient en boucle sur Château (Notes du Voyageur). Nouvelle-Zélande, île du Nord, Centre.

CHILI

Pays joignant d'un trait le désert aux glaciers. Ce faisant il traverse en partie centrale un secteur méditerranéen où Pedro de Valdivia, sur un plan carré, créa la capitale. Ce secteur est limité au sud par la région de Temuco-Conguillío et au nord La Serena-Elqui, deux sites visités par le Voyageur.

CHRISTCHURCH

Ville puritaine de l'île du Sud de la Nouvelle-Zélande, à quelques kilomètres d'Akaroa. Bryan y fait ses études et se lamente sur la trop sérieuse capitale qui ne comptait jusqu'en 1975 qu'un seul véritable restaurant ouvert le soir.

CONGUILLÍO

Volcan andin semi-actif coïncidant avec l'extension sud du climat méditerranéen chilien. À la base du cône, un lac de couleur verte contraste avec la lave sombre et pulvérulente. Au sommet, sur les versants boisés poussent les *Nothofagus pumila*, rare espèce australe à couleurs automnales vives. Le Voyageur y campe sous la pluie.

CRADLE MOUNTAIN

Lieu initial d'un fragment gondwanien au centre-ouest de la Tasmanie. Réserve animale et végétale où le Voyageur rencontre en liberté des wallabies (petits kangourous gris), des wombats, marsupiaux massifs et trapus, sans queue mais dotés d'une plaque osseuse à l'arrière-train ; ainsi que des tiger-snakes, gros serpents noirs et venimeux au milieu d'herbus spongieux entourés de grands pins Bunya, pins Huon et Nothofagus.

CURACAUTÍN

Village à plan carré et rues en terre battue groupées autour d'une place plantée. Sud du volcan Conguillío ; extrémité sud du climat méditerranéen chilien. La poste, édifice stratégique de communication, offre à l'usage un téléphone manuel d'un modèle jugé rare par le Voyageur.

DESERT ROAD

Route traversant une prairie de carex et de véroniques arbustives étendus jusqu'à l'horizon et donnant l'impression d'un désert. Sud de Taupo. Nouvelle-Zélande, centre de l'île du Nord.

DRAKENSBERG

Seul massif montagneux important d'Afrique du Sud, au nord de Durban et faisant frontière avec le Lesotho. Les sommets plats du Drakensberg laissent supposer que le relief a été créé par creusement. Le Voyageur y voit une genèse du paysage par l'érosion. Biome méditerranéen élargi. Pays des glaïeuls rares.

ELQUI

Vallée andine transversale au Chili entre le port de La Serena et l'Argentine. Extrémité nord du biome méditerranéen chilien, à tendance désertique sitôt quitté les restanques à vignes. Lieu d'élection de l'Inca en vacance et de Juan de Dios en transhumance.

FREMANTLE

Port avancé de Perth, à l'embouchure de Swan River, sud-ouest australien.
Pubs victoriens dans le vieux quartier. Musique, bière et filles. Lieu de prospection de Bryan.

FYNGAL

Bourg tasmanien au nord-ouest de l'île à l'intérieur des terres dans le secteur d'une forêt relictuelle d'ash-trees, eucalyptus géants réputés les plus hauts arbres du monde.

GEORGETOWN

Ville moyenne de Tasmanie auprès d'une vallée rocheuse colonisée par des valérianes d'Europe.

GONDWANA

Masse continentale unique ayant longuement séjourné dans la partie sud de l'hémisphère avant de se diviser en sous-continents. L'isolement géographique de ces grandes îles (Afrique, Australie, Amérique du Sud, etc.) a favorisé l'endémisme des flores et des faunes. La thèse de Thomas et du Voyageur est que l'homme, aujourd'hui, remet ces morceaux de Pangée en contact. Le « nouveau Gondwana » est un continent théorique.

HAUT BIO-BIO

Secteur chilien andin, extrémité sud du biome méditerranéen andin, riche en bambous et *Berberis*. Extrémité nord des forêts relictuelles d'araucarias (*A. imbricata*).

HOBART

Capitale et port principal de Tasmanie, côte Est de l'île.

HUONVILLE

Ville du Sud tasmanien, qui doit son nom au pin Huon dont elle était autrefois entourée – le pin tirant lui-même son nom de Huon de Kermadec, capitaine de vaisseau de l'expédition d'Entrecasteaux.

IRIAN JAYA

Moitié occidentale de la Nouvelle-Guinée faisant partie de l'Indonésie. Territoire encore largement dominé par la forêt tropicale humide – où volent les plus grands lépidoptères du monde. Quelques ornithoptères figurent dans les collections d'A. Piépol.

JAVA

La plus anciennement utilisée des îles de la Sonde. Capitale Djakarta, ancienne Batavia où faisaient relâche les vaisseaux des grandes expéditions autour du monde.

KALA (mont)

Éminence au-dessus des forêts du Cameroun central (800 mètres). Au sommet du mont Kala vole un rare papillon diurne du genre *Charaxes (Ch. Lydiae)* difficile à observer car préférant les cimes. Seule la technique des pièges à bananes fermentées, poissons pourris et bière, permet de capturer cet insecte.

KING'S PARK

Parc et jardin botanique de Perth, situé au sommet d'une colline dominant la ville et Swan River. Une large part réservée à la flore indigène permet au Voyageur d'apprécier certains aspects singuliers du mallee australien associant black-boys, eucalyptus argentés, callistemons et banksias.

LA PAZ (3 700 mètres d'altitude)

Ville sans arbres de l'Altiplano bolivien. Partage avec Bogotá et Mexico le record d'altitude des capitales américaines. On y respire mal. « Un des trains les plus lents du monde relie La Paz à Antofagasta, port chilien, en glissant des hauteurs subdésertiques au véritable désert du bord de mer, sans autre but que de joindre entre elles les richesses minérales de ce pauvre pays. » (Carnets du Voyageur.)

LA SERENA

Nord du Chili central, ville côtière sur le trajet de la panaméricaine, point d'accès vers l'Elqui. Marché où Juan et les autres bergers échangent et vendent. Extrémité nord du biome méditerranéen chilien.

LE CAP

Seconde capitale politique d'Afrique du Sud (après Pretoria). Ville récente et bien calée autour de son port dans l'isthme ouvert sur l'Atlantique au pied de la montagne de la Table. Longtemps les voyageurs autour du monde firent halte au Cap sans songer à y établir de base, utilisant seulement l'abri d'un rocher comme boîte aux lettres. La péninsule alors peuplée de rares Hottentots Koi-Koi accueillait une flore boisée dont un fragment persiste autour de Kirstenbosch Garden. La végétation du Cap, considérée par les botanistes comme la plus riche du monde en espèces au mètre carré – le *fynbos* –, constitue le pyropaysage le plus remarquable et le plus surveillé de la planète. Le Voyageur y observe de nombreux incendies naturels.

LESOTHO

Enclave territoriale isolée du Natal par les monts du Drakensberg entre Durban et Johannesburg.

LLANDUDNO

Flanc ouest de Table Mountain. Village donnant accès à Sandy Bay où le Voyageur observe des incendies durant plusieurs années consécutives. Secteur résidentiel convoité. Un plan d'occupation des sols, lié à la préservation du fynbos, prévoit une limite d'extension de l'urbanisation du Cap.

LOMBOK

Île indonésienne séparée de Bali par le détroit de Lombok. D'origine sédimentaire et d'influence biologique australienne, Lombok contraste avec ses voisines de l'est, volcaniques et asiatiques.

LOUISIADE

Archipel mélanésien prolongeant au sud-est la Nouvelle-Guinée. Découvert par Bougainville en 1768, exploré par Bruni d'Entrecasteaux en 1793.

MURUROA

Atoll du Pacifique Sud peuplé en rives de cocotiers et de badamiers, espèces dont les énormes graines flottantes ont le pouvoir de traverser les océans.

NELSON

Port du nord de l'île Sud de Nouvelle-Zélande, abrité des vents ouest par une péninsule aujourd'hui réserve naturelle. Les plaines cultivées de Nelson sont peuplées de vignes et de kiwis.

NOUVELLE-HOLLANDE

L'un des premiers noms donnés au continent australien abordé à l'est par les navigateurs et généralement assimilé à une île de faible dimension.

NOUVELLE-ZÉLANDE

État insulaire comprenant l'île du Nord ou « île Fumante », séparée par le détroit de Cook et l'île du Sud, ou « île de Jade », puis de quelques îlots mineurs dont l'île Antipode située aux antipodes de la ville de Lille, sanctuaire de nature perdu en mer.

OKAHUNE

Ville proche de la maison de Bryan, à l'embouchure d'Okahune River. Sud-ouest de l'île Nord, Nouvelle-Zélande.

PALMERSTON-NORTH

Sud-ouest de l'île Nord, Nouvelle-Zélande. Bulls, la plage de Palmerston North, reçoit les laisses et les bois flottés de la mer de Tasman, agitée jusque-là par les vents des quarantièmes rugissants.

PERTH

Seule ville importante du Sud-Ouest australien. Biome méditerranéen. Flore et faune protégées dans les Stirling Ranges. La plante symbole de la ville est un *Anygozanthos*, dont l'inflorescence ressemble à une patte de kangourou.

PIPIRIKI

Hameau accueillant un *marae*, place cultuelle maorie, sur la route d'Okahune au Bridge of Nowhere. Sud-ouest de l'île Nord, Nouvelle-Zélande.

RECHERCHE (île de la)

Île de l'archipel de Santa-Cruz (Australie) découverte par le chevalier d'Entrecasteaux et nommée ainsi en raison du voyage effectué à la recherche de La Pérouse.

ROTORUA

Centre de l'île Nord, Nouvelle-Zélande. Réserve naturelle animée de sources chaudes d'origine volcanique, disposées en labyrinthe dans la forêt de tea-trees (*Leptospermum scoparium*).

SAINT-SAUVEUR DE GIVRE EN MAI

En l'an 732, Charles Martel repousse l'armée d'Abd al-Rahmàn. Quelques rescapés sarrasins se réfugient dans l'église de Saint-Sauveur. Les habitants les assaillent et leur imposent un ultimatum : se rendre ou mourir. Nous sommes en mai, il fait doux. Les Sarrasins, par dérision, promettent de se rendre s'il gèle le lendemain. À l'étonnement de tous ce prodige survient. (L'une des deux légendes.)

Saint-Sauveur de Givre en Mai, non loin de Bressuire, appartient à un secteur nord de la Vendée dont le bocage est aujourd'hui réduit à quelques haies.

SANDY BAY

Flanc ouest de Table Mountain, plage accessible à pied à travers une galerie forestière constituée d'*Acacia cyclops*, espèce pyrophyte australienne considérée au Cap comme un envahisseur à éradiquer. Lieu d'observation d'incendies répétés. « L'eau y est si froide, les laminaires et les rochers si nombreux, les vents si forts et les feux si constants que la baie semble à jamais interdite aux âmes frêles, aux gentils bains de mer ; réservée à l'affrontement constant de la montagne et des océans, au spectacle des éléments contraires. » (Carnets du Voyageur.)

SANTA ANA

Centre agricole et horticole au sud de Los Angeles, territoire privilégié des manzanitas *(Arctostaphyllos manzanita)*, sorte de myrtilliers arborescents à tronc rouge auxquels sont associés les cénothes à fleurs bleues et les frémontodendrons à fleurs jaune vif, plantes du matorral, biome méditerranéen.

SANTIAGO

Capitale du Chili, fondée en 1541 par Pedro de Valdivia qui lui donne le nom de Saint-Jacques-du-Nouvel-Extrême. Biome méditerranéen caractérisé par un palmier à tronc lisse unique en son genre *(Jubea sp.).*

SINGAPOUR

État indépendant d'Asie du Sud-Est formé d'une île principale presque totalement couverte par la ville du même nom. « Visiter le Bird's Park et pénétrer dans la volière d'un hectare justifie une halte dans cette vilaine grosse ville trop policée des tropiques. » (Carnets du Voyageur.)

SONDE (îles de la)

Ensemble des îles indo-malaises comprenant Java, Sumatra, Bornéo et plus d'un millier d'îles secondai-

res. La langue officielle des îles de la Sonde, l'indo-
malais, exploite largement le fonds nusantarien (de
nusa : île), lui-même composé de 350 dialectes. À mi-
parcours du chapelet est-ouest des îles et très exactement sur la ligne de fracture biologique entre le
monde austral tropical et le monde boréal tropical se
trouve l'île de Bali.

SWAN RIVER

Fleuve du Sud-Est australien traversant Perth et le
port de Fremantle. Doit son nom à la présence des
cygnes noirs à bec barré d'une marque rouge, originaires de cette région du monde.

SYDNEY

Capitale de l'État de Nouvelle-Galles-du-Sud (Australie). Le site remarquable de la baie fut décrit pour la
première fois par Cook (1770). Les Anglais y établirent
un pénitencier dès 1788 avant d'utiliser la Tasmanie
comme île aux bagnards. Pyropaysage méditerranéen
dominé par les eucalyptus.

TABLE MOUNTAIN

Relief à sommet plat dominant la ville du Cap.
Nommé ainsi par les premiers navigateurs portugais
et répertorié depuis lors sous ce nom. Aujourd'hui
réserve naturelle sous haute surveillance. Pyro-

paysage du fynbos accessible par téléphérique ou à pied. Lieu d'élection de protéas rares et du dassie, mammifère proche de l'éléphant mais gros comme un hérisson.

TASMANIE

Île séparée du continent australien par le détroit de Bass, découverte en 1642 par le Hollandais Abel Tasman. Elle porta jusqu'en 1853 le nom de Terre de Van Diemen (gouverneur général des Indes néerlandaises). Visitée par La Pérouse, Freycinet et Bruni d'Entrecasteaux, l'île réserva aux navigateurs un accueil favorable dont la France ne sut pas tirer parti. Elle devint dépôt pénitentiaire cinquante ans après la colonisation anglaise (1804). Les Anglais décimèrent la population aborigène. Les vingt derniers habitants moururent en exil dans l'île Bruni (patronyme du chevalier d'Entrecasteaux).

TAUPO

Ville du secteur central de l'île Nord de Nouvelle-Zélande, l'île Fumante. L'activité volcanique se note aux sources chaudes, nombreuses dans cette région.

TERRE DE VAN DIEMEN. Voir *Tasmanie*.

TIZ N' TICHLA

Col du Haut Atlas marocain situé entre Marrakech et Ouarzazate. On y vend des géodes d'améthyste et des fragments d'amiante brute sur le bord de la route.

VANIKORO

Dépendance des îles Salomon, archipel des îles Santa-Cruz, Mélanésie, où La Pérouse périt en 1788 avec son équipage. Bruni d'Entrecasteaux mit l'ancre à Vanikoro sans découvrir les traces du naufrage que rapporta le capitaine anglais Dillon en 1826.

WANGANUI

Ville située à l'embouchure de Wanganui River, sud-ouest de l'île Nord de la Nouvelle-Zélande, avant-dernière étape du Voyageur.

Repères botaniques

Acacia cyclops. Mimosacées. Australie.
Mimosa de petite venue, prolifique en sol sablon-
neux. Origine australienne. Dans la région du Cap, où
cet arbre couvre d'importants secteurs maritimes, on le
considère comme une peste à éradiquer du paysage et
des jardins. Son aptitude à recoloniser les sols brûlés
fait reculer la flore locale, plus lente. Le Voyageur persiste à penser que cette pyrophyte exotique à haute
compétitivité, très présente en Afrique du Sud, est
l'émergence d'un phénomène beaucoup plus vaste qui
intéresse le brassage des flores à l'échelle planétaire.
En outre il pense que les performances de la flore australienne sur sols brûlés achemine les pyropaysages du
monde vers une sorte d'« australisation » des flores
locales.

Ailanthe *(Ailanthus altissima)*

Encore appelé vernis du Japon, l'ailanthe fut introduit en Europe au XIXᵉ siècle en vue d'y élever un « bombyx » (en réalité un saturnide) dont le cocon est deux fois plus gros que celui du bombyx du mûrier. La mauvaise qualité de la soie obtenue ainsi que le développement des textiles synthétiques mirent fin à cette industrie. Cependant, les chenilles de saturnides continuent de vivre en France sur trois grandes populations d'ailanthes, à Lyon, Saint-Mandé et Arcachon. Les entomologistes prétendent observer une tendance à la spéciation des souches par isolement géographique. Il existerait donc actuellement trois races de bombyx de l'ailanthe en liberté.

En outre, cet arbre à développement rapide et drageonnant fait partie des espèces pionnières des friches calcaires, notamment parisiennes, en association avec le buddleia, comme lui originaire de Chine et du Japon. Preuve effective du brassage planétaire des flores.

Ajonc *(Ulex europaeus)*. Fabacées. Europe.

Arbuste épineux caractérisant une « lande bloquée » en sol acide. Les scientifiques émettent l'hypothèse que l'humus produit par l'ajonc permet la régénérescence de l'ajonc lui-même à l'exclusion d'autres espèces. Importé d'Écosse en Nouvelle-Zélande pour y constituer des haies naturelles, la plante, non pâturée par les moutons, a proliféré rapidement. C'est aux abords de Dunedin (île du Sud) que le Voyageur la rencontre en immenses étendues jaunes ondulant dans le paysage.

Alstroemère *(Alstroemeria sp.)*. Amaryllidacées. Chili.
Encore appelée lis des Incas, cette jolie plante à bulbe comestible est capable de coloniser les prairies acides du Chili méditerranéen jusqu'à les couvrir entièrement *(A. aurantiaca)*. Le Voyageur la trouve en colonies au pied du volcan Conguillío et, de façon plus isolée, dans le pays de Juan de Dios.

Armoise de Sibérie *(Artemisia annua)*. Astéracées. Eurasie.
Petite herbacée grise, annuelle et couvre-sol, apparaissant sur tous sols calcaires abandonnés. Elle caractérise, avec les chénopodes et les amaranthes, un stade élémentaire des friches. Juste avant les buddleias et les ailanthes.

Ash-tree *(Eucalyptus amygdalina)*. Myrtacées. Australie.
Cet eucalyptus, censé être le plus grand arbre du monde, constitue une forêt relictuelle du Nord-Est tasmanien, réserve nationale. Les géants mesurés au début du siècle dépassaient 120 mètres. Aujourd'hui le plus grand vivant atteint 90 mètres. Le bûcheron de Fyngal montra au Voyageur le panneau indiquant cet arbre, sur lequel un écologiste fâché avait ajouté à la main *Last*, le dernier.

Banksia sp. Protéacées. Australie.

De Banks (le célèbre botaniste anglais qui restitua à La Billardière la collection australe confisquée en mer). Arbuste à floraison spectaculaire en forme de large goupillon érigé, blanc, jaune ou feu, émergeant de feuillages coriaces et argentés au milieu du mallee australien. Remarquable pyrophyte.

Berce du Caucase *(Heracleum mantegazzianum)*. Apiacées. Caucase.

Bisannuelle géante dressant ses ombelles blanches à trois mètres de haut en juin dans les alluvions humides et délaissées. Ainsi que toutes les vagabondes à comportement libre et vindicatif, cette plante est jugée envahissante bien que son aire d'expansion se limite aux prairies inondables. Thomas la remarque sur les bords de la Théole à Issoudun. Son feuillage, par contact sur la peau, a une action photosensibilisante et peut occasionner des brûlures.

Buddleja sp. Loganiacées. Chine.

Arbuste pionnier des sols calcaires *(B. davidii)*. Participe à la reconquête des friches urbaines, avec l'ailanthe (Chine) et le robinier (Nord-Amérique). « Paris est un microbiome boréal à dominante asiatique. » (Carnets du Voyageur.)

Callistemon sp. Myrtacées. Australie.

Arbrisseau flexueux à feuillage persistant et grêle. Inflorescences rouges ou roses en forme de brosse à bouteilles (bottle-brush tree en Australie). Fait partie du cortège floristique restreint compatible avec les eucalyptus (réputés anéantir la flore environnante).

Capucine argentée *(Tropaeolum speciosum)*. Tropaeolacées. Chili.
Une des plantes les mieux adaptées aux éboulis andins en moyenne et haute montagne. Rhizome profond comestible. Feuillage découpé argenté. Pour Juan de Dios les capucines font partie des « herbes ».

Carex sp. Cypéracées. Tous continents et Nouvelle-Zélande. Monocotylédone voisine des graminées.
L'un des paysages qui frappent le plus le Voyageur est une immense plaine de carex roux, gris et bruns *(C. buchananii, C. comans)* d'où le vert chlorophyllien semble absent, bien que les plantes soient vivantes. Desert Road, sud de Taupo, île du Nord, Nouvelle-Zélande.

Caulerpe *(Caulerpa taxifolia)*. Caulerpacées. Océans intertropicaux.
Algue colonisatrice de fonds méditerranéens dont le développement rapide inquiète les scientifiques. Son comportement vindicatif viendrait d'une influence culturelle en aquarium, ayant transformé l'algue en « superalgue ». Thomas pense qu'on exagère beaucoup le danger de son expansion. « Le milieu se charge de modérer son ardeur, il faut attendre, que faire d'autre ? » (Carnets.)

Clématite paniculée *(Clematis paniculata)*. Renoncu-
lacées. Nouvelle-Zélande.

Liane associée aux lisières des forêts pluviales néo-
zélandaises. Se comporte comme la vigaine d'Europe
(clématite avec les fleurs blanc rosé de *Clematis mon-
tana)*.

Cortadère, herbe de la Pampa *(Cortaderia selloana)*.
Poacées. Argentine, Chili.

Devenue cosmopolite, cette grande herbe colonise
aujourd'hui les sols frais de Californie ou de Tasmanie,
mais c'est à l'Elqui que le Voyageur la remarque : seule
plante importante au bord des rivières dans un désert
d'altitude.

Don Diego de la Noche *(Oenothera sp.)*. Onagra-
cées. Chili central.

Ainsi que la vraie belle-de-nuit *(Mirabilis jalapa)*,
cette plante fleurit du crépuscule à l'aube. Ses fleurs
énormes, blanc nacré, dégagent un parfum suave. C'est
une herbe andine à la fois modeste et convoitée.

Epacris sp. Epacridacées. Tasmanie, Australie.

Sur le thème de la vicariance (convergence d'aspect),
le Voyageur cite ce groupe de plantes imitant parfai-
tant les bruyères mais n'ayant rien à voir avec elles.
« Ce sont les éricacées de l'hémisphère austral, région
du monde d'où cette famille est absente. » (Carnets.)

Eucalyptus amygdalina. Myrtacées. Tasmanie. Voir *Ash-tree*.

Eucalyptus viminalis. Myrtacées. Tasmanie.
Découvert et cité par La Billardière, au même titre que l'ash-tree, cet arbre s'en différencie par un tronc lisse étonnamment blanc.

Eucomis sp. Liliacées. Afrique du Sud.
Plante à bulbe dont l'inflorescence verte se coiffe en été d'un toupet de feuilles à la manière des ananas. *E. bicolor automnalis* sent la vanille et *E. punctata* le pain brûlé. Le Voyageur les rencontre dans les monts du Drakensberg.

Fire-Lilies. Afrique du Sud.
Ensemble de plantes bulbeuses de familles voisines (liliacées, amaryllidacées) dont la floraison est déclenchée par un feu, ou survient de façon spectaculaire derrière un feu. C'est le cas de nombreux *Haemanthus* rencontrés par le Voyageur au Cap.

Flax *(Phormium tenax)*. Liliacées. Nouvelle-Zélande.
Vigoureuse herbe à larges feuilles d'iris. Les Maoris utilisaient ses fibres, d'où son nom de lin de Nouvelle-Zélande. En milieu naturel, les flax comblent les lieux frais, voire marécageux.

Galinsoga parviflora et ciliata. Astéracées. Hémisphère Nord.

Le mode d'extension de la galinsauge – petite herbacée sous la haute surveillance des phytogéographes et
sur laquelle Thomas se penche – coïncide avec celui de
grand nombre d'espèces selon le principe du brassage
des flores, mécanique naturelle accélérée par les échanges humains.

Galtonia candicans. Iridacées. Afrique du Sud.
Haute d'un bon mètre, la jacinthe du Cap, à fleurs
blanches en plein été, est totalement privée du parfum
des jacinthes. C'est dans les monts du Drakensberg,
important refuge botanique, que le Voyageur les observe
en quantité. Honnête pyrophyte, sorte de fire-lily.

Huon Pine *(Lagarostrobos franklinii)*. Podocarpa-
cées. Tasmanie.
Découvert lors du voyage d'Entrecasteaux en quête
de La Pérouse, le pin Huon doit son nom au capitaine
de vaisseau Huon de Kermadec. L'arbre est censé vivre
plus de deux mille ans. Son exploitation, aujourd'hui
interdite, servit à la construction des maisons de colons
et des pénitenciers. On vend des éclats de son bois polis
comme les bilboquets de buis, avec lequel il partage une
vraie lenteur de croissance. Sur la carte de Tasmanie, un
secteur sud-ouest, réputé encore inexploré, accueille
une population intouchée de pins Huon.

Leucadendron sp. Protéacées. Afrique du Sud.
Petit arbre complètement argenté visible de loin sur
le versant est de la Table Mountain où il constitue avec

quelques autres espèces l'un des rares boisements du fynbos. « C'est comme si les forêts brûlées, incompatibles avec les trop grands feux, avaient laissé place à un maquis demandeur du feu. » (Carnets du Voyageur.)

Mimosa *(Acacia sp.)*. Mimosacées. Hémisphère austral.

Ensemble d'arbres et arbrisseaux connus en Europe par leurs représentants à floraison hivernale, introduits dans le Midi au XIXe siècle. La plupart sont originaires d'Australie mais nombre d'entre eux vivent en Afrique et en Amérique du Sud. Ce groupe, comme celui des protéas, atteste la théorie de la dérive des continents à partir d'une masse australe unique : le Gondwana. Pyrophyte planétaire.

Mousses pyrophytes *(Funicularia sp.)*. Bryophytes. Europe.

Végétation adaptée aux cendres potassiques laissées par le feu.

Nothofagus sp. Fagacées. Hémisphère austral.

Équivalents botaniques de nos hêtres, les hêtres de l'hémisphère Sud à feuillage fin, presque transparent, à port irrégulier et graphique, ne ressemblent en rien aux fayards d'Europe. Ils constituent l'essentiel du boisement de feuillus d'altitude en Tasmanie, Nouvelle-Zélande et Chili. « Si le syndrome boréal de la forêt feuillue est une vive couleur d'automne, l'équivalent austral est une feuille de plomb à reflets sombres ; à l'exception de *Nothofagus pumila* qui veut bien perdre ses feuilles en doré. » (Carnets du Voyageur.)

Protée *(Protea sp.)*. Protéacées. Hémisphère austral et Inde.

Genre principal d'une famille botanique supposée originaire du Gondwana (voir *Mimosa*). Le king protea *(Protea cynaroïdes)*, choisi comme symbole du Cap, est connu en Europe comme fleur à couper en forme d'artichaut. Pyrophyte du fynbos.

Restio. Restionacées. Hémisphère austral.

Plantes graminoïdes évoquant les joncs ou les presles, utilisées pour la confection des toits de chaume *(Chondropetalum tectorum)*. Au Cap, les scientifiques acquièrent la certitude que la germination des restios se fait par une levée de dormance des graines sous influence chimique (et non thermique) de la fumée. Jusqu'à cette découverte (1990), on ne savait pas faire germer ces plantes en conditions artificielles.

Rosa moschata. Rosacées. Chine.

En observant l'envahissement de *R. moschata* dans une friche chilienne, le Voyageur émet l'hypothèse que cet épineux exotique, en se substituant aux épineux indigènes (berberis) à croissance lente, oblige la forêt naissante à accélérer son processus de croissance vers la lumière. D'où une reforestation rapide. Ce point de vue fait apparaître un aspect bénéfique de l'« envahissement ».

Tea-tree *(Leptospermum sp.)*. Myrtacées. Nouvelle-Zélande.

Arbrisseau dominant dans les boisements secondaires de la forêt néo-zélandaise. Son nom est dû à l'usage qu'en faisaient les Maoris. La maison de Bryan est entourée de tea-trees et de flax (voir ce mot). Floraison blanche, parfois rose ou rouge.

Violette andine *(Viola domeykoana)*. Violacées. Chili.

Au ras du sol, entre les cailloux, offrant le minimum de prise au vent, la violette andine affecte l'aspect d'un chou-fleur aplati. Compte parmi les « herbes » de Juan de Dios à l'Elqui.

Welwitschia mirabilis. Ephedracées. Namibie.

Lorsqu'il rencontra pour la première fois le welwitschia, le botaniste explorateur anglais Thomas Baines, devant une si grande étrangeté botanique, demeura longtemps agenouillé, comme en prière.

Munie de deux uniques feuilles à croissance continue pouvant vivre mille ou deux mille ans, cette plante de forme insaisissable, d'un mètre à peine au-dessus du sol, croît dans le désert du Namib. Le vent lacère ses feuilles en lanières, le frottement sur le sable en use l'extrémité, les oryx et autres animaux s'en nourrissent parfois. Le Voyageur fait un détour pour lui rendre visite.

Cartes

2ᵉ vision d'Hildegarde de Bingen

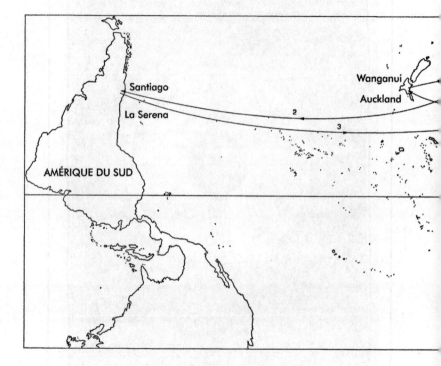

Voyage du Voyageur

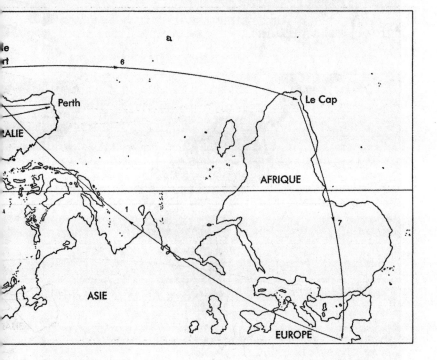

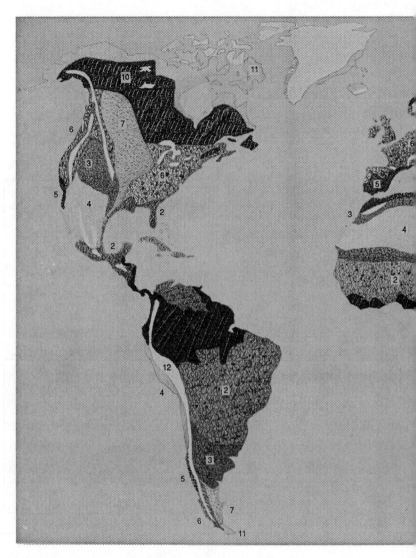

*Répartition des grandes formations végétales dans le monde
(biomes) d'après Troll et Ozenda
Dessin de Franck Neau*

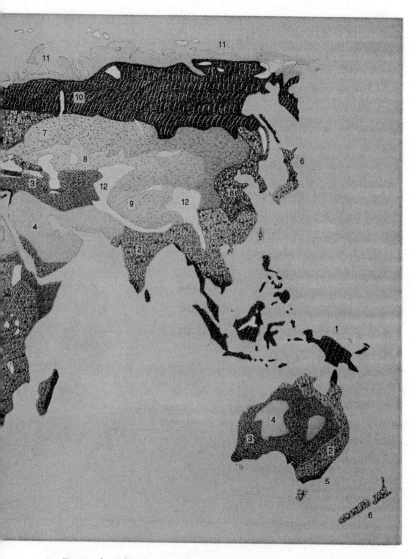

1 – Forêt pluviale équatoriale. 2 – Savanes humides. 3 – Savanes sèches et steppes. 4 – Déserts subtropicaux. 5 – Végétations méditerranéennes. 6 – Végétation tempérée. 7 – Steppes continentales froides. 8 – Déserts froids centre-asiatiques. 9 – Déserts d'altitude. 10 – Forêt boréale de conifères. 11 – Toundra. 12 – Végétation des hautes montagnes..

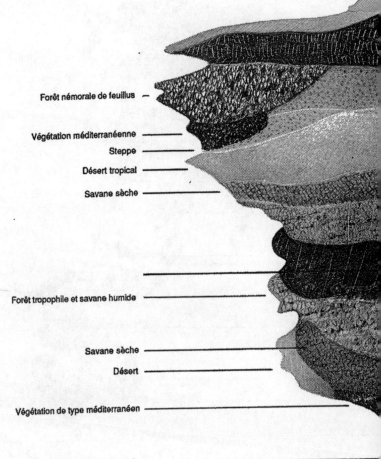

Forêt némorale de feuillus —

Végétation méditerranéenne —

Steppe —

Désert tropical —

Savane sèche —

Forêt tropophile et savane humide —

Savane sèche —

Désert —

Végétation de type méditerranéen —

Forêt pluviale tempérée —

Le continent théorique

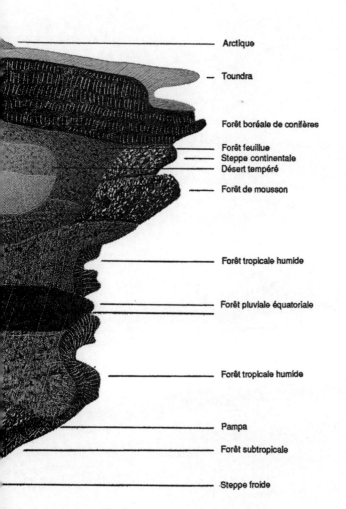

Arctique

Toundra

Forêt boréale de conifères

Forêt feuillue
Steppe continentale
Désert tempéré

Forêt de mousson

Forêt tropicale humide

Forêt pluviale équatoriale

Forêt tropicale humide

Pampa

Forêt subtropicale

Steppe froide

Thomas et le Voyageur doivent leur existence à tous ceux qui en ont pris soin : Madeleine, Joan de Dios – mais aussi à ceux qui les ont écoutés : Patrice Finet, premier lecteur, et tous les autres, amicalement attentifs.

Table

Thomas et le Voyageur

Horizon

Herbe

Érosion

Ville

Ombre

Feu

Légende

Jardin

Annexes

DU MÊME AUTEUR

Aux Éditions Albin Michel

LE JARDIN ROMANTIQUE DE GEORGE SAND, en collaboration avec Christiane Sand, Albin Michel, Paris, 1995.

LA DERNIÈRE PIERRE, 1999.

LE JARDIN PLANÉTAIRE, 1999.

Chez d'autres éditeurs

LE JARDIN EN MOUVEMENT, Pandora, Paris, 1991.

LA VALLÉE, Pandora, Paris, 1991.

LE JARDIN EN MOUVEMENT, DE LA VALLÉE AU PARC ANDRÉ-CITROËN, Sens et Tonka, Paris, 1994.

ÉLOGE DE LA FRICHE, avec huit pointes sèches de François Béalu, Lacourière et Frélaut, Paris, 1994.

CONTRIBUTIONS À L'ÉTUDE DU JARDIN PLANÉTAIRE, en collaboration avec Michel Blazy, Erba, Valence, 1995.

Composition Nord Compo
Impression : Imprimerie Floch, février 2011
Éditions Albin Michel
22, rue Huyghens, 75014 Paris
www.albin-michel.fr

ISBN : 978-2-226-21865-0
N° d'édition : 10598/04 – N° d'impression : 77894
Dépôt légal : mars 2011
Imprimé en France